Über die Autorinnen

Vor etwas mehr als einem Jahr hat die kleine Autorenfamilie sich lesen und lieben gelernt. Unterschwellig war ein Gemeinschaftsprojekt schon immer ihr Traum, nur hat es nie jemand ausgesprochen. Da Weihnachten das Fest der Liebe ist – und die vier sich sehr lieben – war das Thema auch zügig gefunden. Die Rollen wurden nach wissenschaftlich akkuraten Kriterien verteilt:

Saskia Louis war die Einzige, die eine annehmbar hohe Anzahl an Weihnachtssocken besaß, weshalb sie für die Rolle des Weihnachtsmannes wie geschaffen war.

Aufgrund der Vorliebe für archaische Krieger aus vergangenen Zeiten hatte **Julia Lalena Stöcken** gar keine andere Wahl, als Amor zu verkörpern.

Marie Weißdorn hat zwar einen totalen Weihnachtsfimmel, wollte sich aber schon immer mal so richtig mit Saskia streiten, weshalb die Rolle der weihnachtshassenden Noelle auf sie fiel.

Und Merry, die **Julia Bohndorfs** Denken über den wohlverdienten Ruhestand eins zu eins widerspiegelt, war für diese dann doch eine Herausforderung. Denn sie beide unterscheiden sich total in der Organisation und dem Umsetzen von Plänen.

EIN SANTA zum Verlieben

Überarbeitete Neuausgabe November 2022

Copyright © 2022 dp Verlag, ein Imprint der
dp DIGITAL PUBLISHERS GmbH
Made in Stuttgart with ♥
Alle Rechte vorbehalten

Ein Santa zum Verlieben

ISBN 978-3-98637-327-6
E-Book-ISBN 978-3-96087-899-8
Hörbuch-ISBN: 978-3-98637-901-8

Copyright © 2017, dp Verlag, ein Imprint der
dp DIGITAL PUBLISHERS GmbH
Dies ist eine überarbeitete Neuausgabe des bereits 2017 bei
dp Verlag, ein Imprint der dp DIGITAL PUBLISHERS GmbH erschie-
nenen Titels Drei Dates mit Santa (ISBN: 978-3-96087-257-3).

Covergestaltung: Buchgewand
Umschlaggestaltung: ARTC.ore Design
Unter Verwendung von Abbildungen von
shutterstock.com: © Rushkina Antonina, © majivecka, © Kjpargeter
stock.adobe.com: © Julija, © Chica, © Sharmin, © Elena
Lektorat: Janina Klinck
Satz: dp DIGITAL PUBLISHERS GmbH
Druck und Bindung: Books on Demand GmbH, Norderstedt

Für alle, die schon einmal an den Weihnachtsmann geschrieben und keine Antwort bekommen haben.

Und für Christy.

(Sorry, Jule!)

Kapitel 1

Santa liebt dich

„Und bitte sehr, Frau Schmidt, Ihre Briefmarken."

„Danke, Elly, du bist ein Schatz. Unsere eifrige, weihnachtliche Post-Elfe. Fehlt nur noch die rote Mütze!"

Konzentriert brachte Noelle ihre Mundwinkel dazu, sich ein Stück zu heben. Das hatte sie am Morgen noch vor dem Spiegel geübt. Vorsichtshalber. „Ich wünsche Ihnen einen schönen Abend, Frau Schmidt."

„Oh, den werde ich haben! Erst werde ich mit meinen Neffen Weihnachtskarten schreiben und dann machen wir den Weihnachtsmarkt unsicher. Punsch für die Kleinen, der Schuss für mich." Frau Schmidt lachte herzlich und winkte dann mit den soeben erstandenen Briefmarken. Die darauf abgebildeten Schneemänner grinsten höhnisch zu Elly hinüber. „Fröhliche Weihnachten!"

„Gleichfalls", gab Elly zurück, lächelte weiter – und atmete erleichtert auf, als die Tür endlich zufiel. Ihr Blick wanderte an dem bis zur Decke reichenden, rot funkelnd geschmückten Weihnachtsbaum vorbei zu den aufgesprühten und schon wieder abblätternden Schneeflocken am Fenster, über den von der Decke hängenden Adventskranz, dessen drei brennende dicke Kerzen schon einen beachtlichen Haufen Wachs an den Boden verloren hatten, bis zu dem kleinen Kalender neben der Eingangstür. Der rote Kreis umrahmte die Achtzehn. Missmutig starrte Elly die zwei verräterischen Ziffern an. Warum konnte jetzt keine gute Fee auftauchen? Oder Hermine Granger? Hauptsache, irgendjemand brachte sie sieben Tage in die Zukunft. Dann wäre der ganze Mist endlich wieder vorbei.

Die rot leuchtenden Ziffern des Radios, das neben dem Kalender an der Wand hing, zeigten ihr, dass sie die Post in fünfzehn Minuten schließen konnte. Gott sei Dank.

Seufzend kam Elly hinter der Verkaufstheke hervor und schloss das angrenzende Lager auf. Wie immer war es teuflisch kalt hier hinten, ihren Chef interessierte die nicht richtig schließende Hintertür seit Jahren nicht. Warum auch? Immerhin fror sie sich hier sechs Tage die Woche den Allerwertesten ab, sobald die Temperaturen die Zehn auf dem Thermometer nur noch sehnsüchtig von unten anhimmelten – und nicht er.

Fröstelnd schlang Elly die Arme um den Körper, während sie an den Regalen entlangging. Päckchen und Pakete stapelten sich hier, bereit zur morgigen Abholung und allesamt versehen mit weihnachtlichen Aufklebern. Die gab es seit letztem Jahr kostenlos dazu, wenn man bei ihr ein Weihnachtsgeschenk verschickte. Merry Christmas oder Santa liebt dich stand auf den meisten von ihnen. Pah, Santa sollte sich um seinen eigenen Kram kümmern.

Am Ende des Lagers angekommen ergriff Noelle die Stange des hintersten Regals und zog es ein Stück nach vorn. Dahinter kam der alte Seesack ihres Vaters zum Vorschein, den sie hier vor drei Jahren zum ersten Mal platziert hatte. Sie zog ihn hervor und warf einen prüfenden Blick auf die darin liegenden Briefe. Etwa siebenhundert dürften es heute gewesen sein, eine fast schon verschwindend geringe Zahl im Vergleich zu den Montagen. Am Wochenende nahmen sich die meisten Eltern für die Wünsche ihrer Kinder mehr Zeit.

Kurz verharrte Noelles Finger nachdenklich, ja fast schon ein wenig wehmütig, auf den obersten Briefen. Weihnachtliche Familienzeit ...

Die im Vorraum ertönende Türklingel ließ sie hochschrecken.

„Hallo? Ist noch jemand da?"

Schnell hievte sie den Seesack in die Mitte des Raumes. „Ich komme sofort!" Mit geübten Handgriffen zog sie die in den Stoff eingenähte Leine zusammen und wand sie einmal um den wertvollen Inhalt. Dann schob sie das Regal an seinen Platz zurück und zog den Sack bis hinter die Tür.

„Guten Abend. Was kann ich für Sie tun, Herr Markt?" Von den 523 Einwohnern Himmelpforts musste natürlich ausgerechnet einer der absoluten Weihnachtsfanatiker um diese Zeit hier auftauchen ... Gut, zugegeben, die Chance, im Dezember auch nur eine Stunde lang mal nicht auf so jemanden zu treffen, war in Himmelpfort verschwindend gering. Es sei denn, man schloss sich zu Hause ein. Was genau genommen genau das war, was sie heute noch tun wollte. Einfach nach Hause, endlich ins Bett und ein weiteres Vierundzwanzigstel der grässlichsten Zeit des Jahres abhaken können.

„Fröhliche Weihnachten, Elly!"

Wenn sie diese Worte auch nur noch einmal zu hören bekam, würde hier heute eine Person weniger die Post verlassen.

„Was hätten Sie denn gern? Ich wollte eigentlich gleich zumachen", erwiderte sie und klang dabei hoffentlich so freundlich, wie sie es sich vorstellte. Leider fiel ihr Blick in diesem Moment auf die Unmengen an Tannennadeln, die dieser verdammte Weihnachtsbaum auch heute wieder verloren hatte. Das war ihrem lieben Chef natürlich ebenfalls egal, die weihnachtliche Stimmung musste ja gewahrt werden. Elly macht das schon, Elly räumt den ganzen unsinnigen Mist weg und rettet damit vielleicht dem nächsten Kunden das Leben, der sonst – wie sie heute Morgen – auf dem elenden Grünzeug ausrutschen würde!

„Also, Elly, Sie kennen doch meine beiden Enkel. Tim und Tom haben am ersten Weihnachtsfeiertag Geburtstag, sechs werden die Kleinen dieses Jahr schon, ist das zu fassen?"

„Überhaupt nicht."

„Ganz meine Meinung! Und wissen Sie, im letzten Jahr, da habe ich den Jungs ein Winterwunderland in unserem Garten gebaut, das war ein Anblick, das sag ich Ihnen. Rudolph hat den Schlitten gezogen, sogar einen Frosty hatten wir, obwohl man den hierzulande ja kaum kennt. Tim war ganz ..."

„Entschuldigen Sie, Herr Markt, aber ich muss den Laden wirklich gleich schließen." Oder eher dieses elende Weihnachts-Gerede unterbrechen, bevor sie dem Drang, den blöden nadelnden Baum umzuwerfen, noch im Beisein des Kunden nachgab.

„Oh, aber Elly, es ist doch Weihnachten. Die Zeit der Liebe und der Familie!"

Und was war das jetzt bitte für ein Argument? „Das ist ja schön, aber für mich ist es gerade eher die Zeit der Arbeit. Oder eben nicht mehr, denn ich habe Feierabend." Zeit der Liebe, ha! Der war gut. Amor machte wahrscheinlich seit Jahren Ferien auf Mallorca, statt sich um ihr Liebesglück zu kümmern. Hm, wobei, vielleicht wäre er eher der Typ für Bali. Auf Mallorca würde er bei seinem Aussehen nicht mal ein Bier kriegen ...

„Meine Güte, Elly, welcher Weihnachtself ist dir denn über die Leber gelaufen?" Herr Markt strahlte sie an, als hätte er gerade den Witz des Jahrhunderts gemacht. „An Weihnachten soll man sich doch Zeit für seine Mitmenschen nehmen, man soll sich näher kennenlernen, sich miteinander freuen ..."

„Wissen Sie, was mich jetzt wirklich freuen würde?", unterbrach sie ihn und ballte unter dem Tresen die Hand zur Faust. „Mich würde es unheimlich glücklich machen, wenn Sie jetzt einfach diese Post verlassen und morgen wiederkommen könnten."

Seine Augen wurden groß. „Aber ich wollte doch ..."

„Und lassen Sie mich mit ihrem Weihnachts-Gerede in Ruhe! Ich kann es nicht mehr hören. Als gäbe es im Dezember gar nichts anderes mehr! Weihnachtsmarkt, Weihnachtslieder, Weihnachtsgeschenke, Weihnachtswahn, Weihnachtsgans, Weihnachts...schaf!" Aufgebracht warf sie die Arme in die Luft. „Was auch immer!"

Herr Markt runzelte unsicher die Stirn, trat einen Schritt zurück und hob ebenfalls die Arme. „Mensch,

Elly ... Du scheinst einen wirklich schlechten Tag zu haben. Das tut mir leid. Dann komme ich einfach morgen noch einmal her, um das Sparkonto für meine Enkel zu eröffnen." Er erreichte die Tür, zog sie auf und winkte ihr noch einmal zu. „Vielleicht solltest du dir einen gemütlichen Abend machen, Weihn... ähm, ich meine, ganz normale Kekse essen und ... ganz normale Musik hören. Bis morgen! Und fröhliche Weihnachten!"

Puuh. Ganz ruhig, Elly. Einatmen. Ausatmen. Du bist nicht fürs Gefängnis gemacht.

Sie holte die Leiter, löschte die Kerzen des Adventskranzes, fuhr die Computer runter, holte den Seesack aus dem Lager und schloss es hinter sich ab. Zum Glück hatte sie es nicht weit nach Hause, all diese Briefe durchs halbe Dorf zu schleppen, wäre ganz und gar nicht gut für ihren untrainierten Rücken.

Sie stellte den Seesack vor der Tür ab und ging noch einmal hinein, um das Licht und das Radio auszumachen, da gab dieses eine ganz besondere Melodie von sich. Zum x-ten Mal dudelte dieser ganz besondere Refrain vor sich hin. Last Christmas.

„Verdammt noch mal!" Etwas zu heftig drückte Elly dem alten Ding den Saft ab und stapfte aufgebracht zur Tür zurück.

Sie steckte den Schlüssel in die Tasche, packte den Sack mit den Briefen mit beiden Händen und zog ihn die Straße hinab. Haus eins, Haus zwei, Haus drei – und schon war sie zu Hause.

„Was für ein Tag", murmelte Elly, als sie sich die Schuhe von den Füßen streifte und ihre Tasche einfach zusammen mit dem Seesack im Flur neben der Haustür liegen ließ. Darum würde sie sich morgen kümmern.

Sie ging in die Küche, setzte sich einen Tee auf – Kamille, bloß nichts mit Zimt! – und warf sich aufs Sofa. Jetzt einfach nur irgendeinen Krimi ansehen, in dem zur Abwechslung mal kein Weihnachtsmann umgebracht wurde. Wobei, vielleicht würde zumindest das ihre Laune heben ...

Doch noch bevor sie den Fernseher einschalten konnte, klingelte ihr Handy. Seufzend zog sie es aus der Hosentasche und nahm, ohne auf den Namen zu achten, ab. „Sie sind verbunden mit dem Elefantenjagdverein Tötet was trötet, was kann ich für Sie tun?"

„Hallöchen, Elly-Belly, wie ich höre bist du mal wieder super drauf! Den Elefantenjagdverein hatten wir lange nicht mehr. Das Beerdigungsinstitut Flotte Schippe hat mir irgendwie besser gefallen."

„Hey, Romi", begrüßte sie ihre beste Freundin und musste zum ersten Mal an diesem Tag aufrichtig lächeln. Seit Romis Bruder Julian seine kleinere Schwester einmal mit einer solchen Telefonansage begrüßt hatte, war dies für Elly und Romi zur Tradition geworden. Erst nur, um Julian zu übertrumpfen, dann zur eigenen Kreativitätsförderung. „Du kennst das doch. War einfach alles ätzend heute."

„Jaja, das böse Wort mit W, ich weiß."

„Nein, viel schlimmer: fröhliche W!"

„Oh Gott, wie können sie es wagen?"

„Meine Rede."

Romis herzliches Lachen ging in ein Kichern über. „Elly-Belly, was hältst du davon, wenn wir uns den Tag schöntrinken?"

„So, wie du dich anhörst, hast du damit längst angefangen."

„Ach, die zwei Glühwein ..." Erwartungsvolle Stille.

„Nein, Romi, ich komme nicht mit auf den W Markt."

„Och, komm schon, Elly!" Quengeln konnte sie schon immer gut. „Sieh es nicht als dickes W. Sieh es als ... Sammelstelle für Betrunkene."

„Für betrunkene Touris."

„Ist doch egal!"

Seufzend legte Elly den Kopf zurück auf die weichen blauen, unweihnachtlichen Kissen. „Ich bin total erledigt, Romi. Verzeih mir, ja? Ich will nur noch irgendeinen doofen Krimi sehen und dann schlafen gehen."

„Na gut, Süße. Dann schau du dir an, wie der W Mann abgemurkst wird, und ich such mir für diese Winternacht meinen eigenen W Mann."

„Ich wünsche dir ganz viel Erfolg dabei, der letzte ist immerhin schon eine Woche lang Geschichte."

„Erinner mich bloß nicht daran! Der Bart war echt – mehr muss man dazu nicht sagen."

„Absolut richtig. Aber hey, Romi, unser W Date steht doch noch, oder?"

„Natürlich, Elly. Dieses Jahr feiern nur wir zwei zusammen das große W, machen einen gemütlichen Abend zu Hause ohne Geschenke und lassen es uns so richtig gut gehen. Ich denke daran, einen Masseur zu bestellen."

„Da wäre ich voll dabei."

„Klasse. Wir reden morgen weiter, hier kommt ein potentieller Kandidat ..."

„Ich drück dir die Daumen. Bis morgen."

Gähnend griff Elly nach ihrem Tee und wollte gerade den Fernseher anstellen, als sich etwas in ihre Gedanken schlich. Und sich dort festsetzte.

Last Christmas ...

Das nahm sie als Zeichen. Etwas zu heftig stellte sie die Teetasse zurück auf den Tisch und rauschte in Richtung Schlafzimmer. Mit diesem Ohrwurm konnte auch ein toter Santa den Abend nicht mehr retten.

Kapitel 2

Deutschland macht immer Probleme!

Es schneite.

Natürlich schneite es. Er hatte ja nicht schon genug zu tun, ohne dass er den Schlitten freischaufeln oder sich von den Elfen vorhalten lassen musste, er würde ihnen die Drecksarbeit andrehen. CJ spürte seinen Stresslevel steigen und wandte hastig das Gesicht vom Fenster ab, an dem Eiskristalle ihm die Sicht auf die verdammte Winterwunderlandschaft da draußen verschleierten. Er atmete tief durch. Niemand hatte behauptet, es würde einfach werden. Weihnachten war eben kein Zuckerschlecken. Also, nicht nur.

Ihm war bewusst gewesen, dass der Job seines Vaters herausfordernd und anstrengend war, und jetzt ging es schließlich in die heiße Phase – was wirklich ein ironischer Ausdruck war, wenn man bedachte, dass die Außentemperatur zurzeit minus achtunddreißig Grad betrug.

In sechs Tagen war Heiligabend, die Rentiere wurden unruhig, weil sie zu lange keinen Ausflug mehr unternommen hatten, die Elfen warteten nur darauf, dass er einen Fehler machte, und wo waren seine Eltern? Auf Bali, Strand statt Schnee genießen, Cocktails statt

Milch schlürfen und Sonnen- statt Gefrierbrand riskieren.

Kein schlechter Deal, fand er, und einen Urlaub hatte sein Vater ohnehin bitter nötig gehabt. Vielleicht war es auch mal gut, den alten Herrn von all den Keksen fernzuhalten. Der Mann hatte einfach keine Selbstdisziplin. Etwas, das CJ hingegen perfektioniert hatte. Denn er wusste, welche Ausmaße seine genpoolbedingten Probleme sonst annehmen würden. Wortwörtlich.

Er betrachtete die Stapel an Briefen auf seinem Schreibtisch, die sich seit heute Morgen verhundertfacht hatten. Zischend stieß er die Luft aus. Er war siebenundzwanzig und hatte seit Jahren auf den Moment gewartet, in dem er seinem Vater endlich beweisen konnte, dass er bereit war, die Firma zu übernehmen. Dieser Moment war jetzt, und er würde ihn sich nicht durch so etwas Unbedeutendes wie fundierte Panik versauen lassen. Versagen war keine Option.

Er fuhr sich mit der Hand durch seine dunkelbraunen Haare, die ihm zu allen Seiten abstanden, und kratzte sich das stopplige Kinn. Sein Vater hatte vorgeschlagen, er solle sich seinen Bart wachsen lassen, so sei es schließlich Tradition. CJ hatte ihm ein unweihnachtliches Schnauben als Antwort gegeben und sich den Kommentar verkniffen, dass sich seit dreißig Jahren aus purer Faulheit den Bart nicht zu rasieren, noch lange keine Tradition war. Nur weil neumodische Kultfiguren wie Gandalf und Dumbledore weiße Rauschebärte trugen, machte es das noch lange nicht modisch wertvoll.

CJ griff nach dem ersten Stapel Briefe und fing an, die vorsortierten Nachrichten auf seinem extrabreiten

Schreibtisch alphabetisch nach Ländern aufzureihen. So würde er sie später schneller ins System eingeben können. Das sollte die letzte Fuhre sein. Die anderen hunderttausend von heute waren bereits von Elfen bearbeitet und registriert worden. Aber die letzten Briefe des Jahres waren Chefsache. Waren es schon immer gewesen.

Er begann mit den Briefen aus Afghanistan, stapelte sie neben denen aus Ägypten, Äthiopien und Australien. Es folgten die von den Bahamas und aus Burundi. Dann sortierte er die relativ übersichtlichen Cs und Ds. Chile, China, die Cookinseln, Costa Rica. Dänemark, Dominica, Dominikanische Republik und ... Moment.

Stirnrunzelnd fuhr er mit dem Zeigefinger die Briefreihe zurück und blieb auf der Stelle zwischen Dänemark und Dominica liegen. Man konnte vieles über ihn sagen: Angefangen damit, dass Klimmzüge auf seiner Prioritätenliste etwas zu hoch angesiedelt waren, bis dahin, dass er sein Leben vielleicht ein bisschen zu ernst nahm – aber dass er das Alphabet nicht beherrschte, war ihm noch nie vorgeworfen worden.

„Merry!", rief er laut. „Merry, komm her!"

Er suchte mit dem Blick die anderen Briefstapel nach einem übersehenen D ab, doch er fand nichts dergleichen. Das durfte doch nicht wahr sein!

Sein linkes Augenlid fing an zu zucken, und eigentlich hätte er in diesem Moment einen Karton Spekulatius dringender gebraucht als den nächsten Atemzug, doch ein Zuckerschock würde niemandem helfen.

„Bin da. Was ist los, Temporärchef? Ich hoffe, es ist dringend, ich habe noch unheimlich viel zu tun."

Eine kleine, vollkommen in Grün gekleidete Elfe mit einem roten Lockenkopf, der ihr noch vor einiger Zeit einen Platz auf dem Scheiterhaufen garantiert hätte, wuselte durch die offenstehende Tür. Der Rahmen war mit einer Unzahl an Mistel- und Tannenzweigen überladen, und wieder einmal wurde CJ daran erinnert, dass er unbedingt jemanden anweisen musste, den Mistel-Tannenzweig-Enthusiasmus zurückzuschrauben. Er hatte nicht vor, in nächster Zeit irgendwen zu küssen und er würde es sehr begrüßen, wenn seine Stirn nicht jedes Mal von den Tannennadeln zerkratzt würde, sobald er durch eine Tür ging. Aber wichtigere Dinge zuerst.

„Natürlich ist es dringend! Deswegen auch der dringliche Tonfall. Sind das alle Briefe?" Er machte eine ausschweifende Armbewegung zu dem Schlachtfeld auf seinem Schreibtisch.

„Mhm." Merry runzelte angestrengt die Stirn, so als hätte er sie gefragt, was zuerst dagewesen sei: Der Weihnachtsmann oder die Coca Cola. „Ich glaube schon."

„Du glaubst, oder du weißt?", fragte er ungeduldig. „Ich glaube nämlich, dass ich demnächst an die Decke gehen werde, aber genau wissen kann ich das nicht. Für dich wäre es allerdings sehr wichtig, diesbezüglich Gewissheit zu haben."

„Ich weiß, dass es alle Briefe sind", sagte sie mit zusammengepressten Lippen, während sie das Kinn herausfordernd vorschob.

„Warum fehlen dann die aus Deutschland?"

Sie machte eine abwinkende Handbewegung. „Deutschland macht immer Probleme, das weiß doch jeder. Es ist nicht das erste Mal."

Ungläubig stand er aus seinem Sessel auf. „Was meinst du damit? Wie viele Briefe fehlen denn noch?"

„Na, alle."

„Alle Briefe aus Deutschland fehlen und niemand denkt daran, mir Bescheid zu sagen?"

„So wichtig ist das nicht. Die kommen schon seit ein paar Jahren nicht mehr hier an. Santa kann sich doch nicht um alles kümmern."

„Seit Jahren?" CJ fühlte sich mittlerweile ziemlich dämlich, weil er zu nichts anderem in der Lage zu sein schien, als Merrys Worte zu wiederholen, aber sein Sprachzentrum wurde momentan von seinem Wutzentrum an seiner Funktion gehindert. „Seit Jahren? Und mein Vater hat nichts dagegen unternommen?"

Und da sagte man den Deutschen noch nach, sie seien pünktlich und überkorrekt! Die Klischees sollten definitiv noch mal überdacht werden.

„Wenn Deutschland die Briefe nicht weiterleitet, ist das deren Entscheidung. Wäre ja noch schöner, wenn wir die überall auf der Welt abholen müssten. Deutschland hält sich raus, weniger Arbeit für uns, und Santa akzeptiert die offensichtliche Entscheidung des Landes." Merry nickte bestätigend.

CJ schnaubte. Nein, Akzeptanz lag nicht in seiner Natur. Unter seiner Aufsicht wurde sich nicht rausgehalten. Jetzt war er der Boss, und jedes Kind, das einen Brief an ihn schrieb, hatte eine Antwort verdient. Deutschland würde da nicht aus der Reihe tanzen!

„Ich flieg hin“, sagte er und griff sich seinen Mantel. „Welche Poststelle ist für die Briefe an den Weihnachtsmann zuständig?“

„Himmelpfort in ...“ Merry sah auf die Weltkarte an der rechten Bürowand, auf der alle Poststellen mit einem gelben Fähnchen markiert waren. „Da!“ Sie deutete auf den Norden von Brandenburg. „Ich wollte der Ursache auch schon auf den Grund gehen, denn wir haben bis vor drei Jahren immer Post von denen bekommen. Darf ich dieses Jahr gucken, was da los ist, CJ? Biiitte.“ Sie klimperte mit den Wimpern.

„Nein“, sagte er grimmig.

„Aber ich kann das! Ich will dir helfen, und weil ich das wirklich möchte, sage ich dir, dass die Post heute schon geschlossen hat und du dir den Weg sparen kannst, Chef.“

Er ließ seinen Mantel wieder fallen. „Nein, das mach ich selbst. Ich kann mir keine Fehler leisten. Ich werde direkt morgen früh vorbeischauen, sobald die Post aufmacht. Du kannst gehen.“ Er winkte sie raus, und die Elfe tat ihm den Gefallen.

Das hatte ihm gerade noch gefehlt. Ein Land, das sich plötzlich entschlossen hatte, nicht mehr mit dem Weihnachtsmann zu kooperieren. Wer tat so etwas? Aber darum würde er sich schon kümmern – und sei es nur, um seinem Vater zu beweisen, dass er den Job nicht nur gut, sondern vielleicht noch einen Tick besser machte als er selbst. Sein alter Herr hatte mehr als deutlich gemacht, dass er unsicher war, ob CJ schon für die Art von Verantwortung bereit wäre. Hätte seine Mutter nicht auf den Urlaub bestanden, hätte er CJ nie freiwillig allein gelassen.

Seufzend stand er auf und strich sich sein rotes Hemd glatt. Er brauchte Zimtkaffee. Das würde eine lange Nacht werden.

Bedacht darauf, keinen der Briefstapel umzuwerfen, ging er um seinen Schreibtisch herum und durch die Tür. Automatisch zuckte er zusammen, als die Tannennadeln sich in seinem Haar verfingen und seine Stirn attackierten.

Dieser Ort war einfach nicht für Menschen gemacht, die doppelt so groß wie der Normalelf waren.

Er rieb sich mit den Fingern über seine gereizte Haut und verzog das Gesicht, als er hörte, dass schon wieder Last Christmas in der Werkstatt gespielt wurde.

CJ liebte Weihnachten. Liebte die Gerüche, das Gewusel, das Essen, den Umstand, dass Familien zusammenfanden und alles in eine weiche Schicht aus Schnee gehüllt wurde. Aber das hinderte ihn nicht daran, den nächsten Elfen, der Wham! einschaltete, in Geschenkpapier zu wickeln und an den Südpol zu schicken.

Er war gestresst, sein Geduldsfaden hatte die Länge seines kleinen Fingers und die Worte seines Vaters saßen ihm im Nacken. „Das ist deine Chance, zu zeigen, dass du für dieses Geschäft geeignet bist. Vermassle es nicht."

Wenn sie alle hier nicht aufpassten, würde das dieses Jahr ein verdammt frostiges Weihnachten werden.

Kapitel 3

Perfect Match!

Konzentriert presste er die Lippen zusammen und ließ den Blick über das bunte Lichtermeer zu seinen Füßen gleiten. Der dumpfe Bass pochte rhythmisch durch seinen Körper und das dazugehörige Schnarren einer zu laut eingestellten Musikanlage schmerzte in seinen Ohren, während Glühweinausdünstungen wie Nebelschwaden von der Verkaufsbude über das Dach zu ihm hinaufstiegen und ihm die Augen verätzten. Amor verzog keine Miene.

Seine Klienten – beide volljährig – waren hier auf dem Marktplatz, deshalb hatte er Stellung auf dem Dach von Lottes Glühweinzauber bezogen. Deren Besitzerin, die eigentlich auf den wenig verkaufsfördernden Namen Ashley hörte, meinte, ihre ohnehin schon entrückte Kundschaft mit den Klängen durchgeschlagener Boxen in eine Art Trancezustand versetzen zu müssen.

Nach Amors Erfahrung – und er machte den Job schon eine Weile – ließen sich paarungsbereite Individuen der Spezies Mensch gerne an fragwürdigen Orten wie diesem nieder, um die große Liebe zu finden. Als hätten sie einen Einfluss darauf. Amor konnte das leichte Ziepen an seinem Mundwinkel nicht verhindern, aber schlagartig wurde sein Ausdruck wieder ernst. Er allein sorgte für die große Liebe.

Allerdings hegte er an diesem Abend die Hoffnung, die beiden letzten Klienten des heutigen Tages würden zu ihm kommen. Er war ziemlich erschöpft.

In der Adventszeit bekam Amor Tonnen von Aufträgen herein, weil sein Chef der Meinung war, es sei romantisch, sich an Weihnachten zu verlieben. Amor war es egal, Hauptsache, er bekam danach seinen Urlaub. Dieses Mal hatte er eine zweiwöchige Reise nach Bali geplant, der Trip nach Mallorca letztes Jahr war mehr als enttäuschend gewesen ...

Ein leiser Signalton erklang und Amor zog das Smartphone aus der Tasche seines grau-weiß gemusterten Tarnanoraks.

Zielperson A nähert sich Ihrem Aufenthaltsort, stand auf dem Display. Ah, die Amor-App machte sich wieder einmal bezahlt. Vorbei waren die Zeiten, als er zwei Menschen erst hatte ausfindig machen und stundenlang observieren müssen, ehe er zum Schuss kam.

Amor tippte auf die kleine Karte und sofort vergrößerte sie sich, sodass er den blinkenden roten Punkt beobachten konnte, der sich aus nordwestlicher Richtung auf Lottes Glühweinzauber zubewegte. Erstaunlich schnell! Da schien jemand den Alkohol aber bitter nötig zu haben.

„Daten zu Zielperson A abrufen", sagte er leise.

„Zielperson A. Name: Romi. Alter: 25. Status: von Beziehungen enttäuscht. Bereit für die große Liebe: 87 Prozent", antwortete die App mit monotoner Roboterstimme.

„Das genügt", murmelte Amor. Er hatte schon mit weniger Bereitschaft gearbeitet. „Erkennungszeichen?"

„Katzenohrwärmer."

„Verstanden."

Amor machte einen Schritt Richtung Dachfirst und spähte nach unten. Mit dampfenden Tassen bewaffnete Menschen drängten sich an den schmalen Tresen der Verkaufsbude, während Ashley gegen die Musik anschrie. „Harald, wo bleibt das Klopapier? Wir haben keine Servietten mehr!"

Ungerührt ließ Amor seinen Blick weiterwandern. Am Rand der Masse lachender Menschengesichter tauchte ein stark gerötetes und augenscheinlich wütendes auf. Gekrönt wurde es von einem Haarreif, an dem sowohl zwei dicke pinke Ohrwärmer als auch zwei spitze Katzenohren befestigt waren.

„Lass mich in Ruhe!", rief die junge Frau über die Schulter nach hinten.

„Zielperson A lokalisiert. Daten zu Zielperson B abrufen", verlangte Amor.

„Zielperson B. Name: Jan. Alter: 26. Status: angetrunken. Bereit für die große Liebe: 76 Prozent."

Er nickte beifällig. „Standortabfrage Zielperson B."

„Zielperson B nähert sich aus nordwestlicher Richtung. Geschwindigkeit beträgt rund 4 km/h. Sichtkontakt in fünf Sekunden. Vier, drei, zwei …"

„Countdown abbrechen. Zielperson B bereits gesichtet."

„Warte doch mal!", rief ein Mann mit einer geschmacklos blinkenden Weihnachtsmütze auf dem Kopf und schob sich durch die Menschenmenge. Er bemühte sich, die Frau mit der nicht weniger grässlichen Kopfbedeckung einzuholen. „He!“

„Erstkontakt hat bereits stattgefunden“, stellte Amor fest und musterte die beiden Menschen kritisch. „Kompatibilität erneut prüfen.“ Er zielte mit dem Smartphone auf das zukünftige Paar.

„Kompatibilität wird berechnet ...“ Ein zweiter, hellerer Signalton erklang. „Perfect Match.“

„Ausgezeichnet.“ Amor schob das Smartphone in seine Jackentasche und zog stattdessen die Handfeuerwaffe aus dem Holster – die Zeiten hatten sich geändert, er war ja auch kein kleiner fetter Junge mehr. Er entsicherte die Waffe.

In diesem Moment wirbelte die Frau herum, und ihr Verfolger rannte fast in sie hinein. Sie verzog grimmig den Mund und stieß ihm mit dem Zeigefinger gegen die Brust. „Ich hab dir doch gesagt, ich fahr nicht auf Weihnachtsmänner ab! Also, zieh Leine.“

Sofort riss der Mann sich die Mütze vom Kopf. „Hey, mein Kumpel feiert seinen Junggesellenabschied. Da verkleidet man sich eben.“

„Find ich blöd“, gab sie zurück und verschränkte die Arme vor der Brust. „Ergo bist du auch blöd.“

„Du kennst mich doch gar nicht!“

„Na und? Deswegen kann ich dich doch trotzdem blöd finden.“

Amor streckte die Waffe nach vorn und nahm die Zielpersonen ins Visier. Jeder Muskel seines Körpers spannte sich an, Schweiß prickelte über seine Haut und das Blut rauschte so laut in seinem Kopf, dass es sogar Ashleys Weihnachtsmarktbeschallung übertönte. An diesem Punkt seiner Auftragsarbeiten überkam ihn stets die Jagdlust. Er leckte sich die Lippen.

„Mann, bist du immer so eine Zicke? Ich wollte dich nur auf einen Glühwein einladen – dann eben nicht", knurrte der Mann und setzte sich demonstrativ die Mütze auf. Farbenfroh blinkten die Sterne über seiner Stirn. Er wollte gerade kehrtmachen, als sich seine Miene schlagartig erhellte. Erneut führte er die Hand an seine Mütze.

Die junge Frau öffnete empört den Mund. „Wag es nicht!"

Ihr Gegenüber grinste und betätigte den kleinen Knopf am Bommel. Sofort erklang die penetrante Melodie von *Jingle Bells*.

Ihre Wangen verfärbten sich dunkelrot. „Du Idiot!"

Amor verengte die Augen. Ein kleines Stück noch. Die Ziele mussten Angesicht zu Angesicht in seiner Schusslinie stehen, damit er mit seiner magischen Patrone beide traf und sie sich gleichzeitig ineinander verliebten. Erregung durchflutete seine Venen und er sog scharf den Atem ein. Himmelpfort war der letzte Ort auf seiner Auftragsliste für dieses Jahr. Der letzte vor seinem wohlverdienten Urlaub. „Komm schon", knirschte Amor.

Genau in dem Augenblick machte die weibliche Zielperson einen Satz auf den Mann zu und grabschte nach dessen Mütze, um sie ihm vom Kopf zu reißen.

Jetzt!

Amor feuerte ab, entspannte sich merklich und schaute dabei zu, wie die Ladung in Form eines schmalen roten Glitzerstreifens durch die Luft schoss, erst Zielperson A durchschlug und dann Zielperson B traf.

Die beiden hielten mitten in ihrem Gerangel inne, als wären sie eingefroren, und starrten einander dümmlich an.

Amors linker Mundwinkel hob sich.

„Ich, äh …“, begann die Frau, machte einen Schritt rückwärts und senkte verlegen den Blick.

„Du …“ Der Mann kratzte sich an der Wange. „Soll ich dir nicht doch einen ausgeben?“ Schnell fügte er hinzu: „Ich nehm auch die Mütze ab.“

Die Frau sah auf und lächelte. „Ach, eigentlich ist sie doch ganz süß.“

Zufrieden steckte Amor den Revolver in das Holster und wischte sich imaginären Staub von den Handflächen. „Perfect Match!“

Kapitel 4

Der tragische Nussknacker-
vorfall ...

Merry lehnte die Leiter an den Türrahmen des Büros und betrat die erste Stufe. Keiner traut mir etwas zu, nicht mal CJ. Aber zum Kontrollieren der blöden Mistelzweigkameras und der Tarntanne bin ich gut genug. Sie kraxelte wütend die Leiter empor und brachte sie dabei leicht zum Schwanken. Mit zwei geübten Handgriffen richtete sie die Kamerazweige aus. So oft, wie CJ mit seinen verwuschelten Haaren darin hängenblieb oder mit der Stirn daran entlangstreifte, wunderte es die Chefelfe ernsthaft, dass die Fichten- und Tannenzweige überhaupt noch Nadeln vorzuweisen hatten. So, das war's. Blödsinnige Aufgabe 99 von 100: erledigt. Sie stieg wieder nach unten und hakte diese Aufgabe auf ihrem von goldenem Lametta umrandeten Klemmbrett ab. Blieb nur noch der Anruf bei Santa, und die Checkliste wäre komplett. Merry trug die Leiter Richtung Haushaltsschrank neben der Holzspielzeugfertigungsmaschine und stellte im Vorbeigehen fest, dass seit nunmehr drei Stunden gebogene Schienenstücke für die Holzeisenbahn hergestellt wurden. Also änderte sie den Auftrag im System. Mehr Waggons brauchte das glückliche Kind von heute. Sie tippte auf Start und räumte die Leiter weg.

Merry gehörte seit über fünfzig Jahren in das Weihnachtselfenteam von Santa und hatte sich mühsam hochgearbeitet. Von der Sägespänekehrerin zur Näherin von Teddybären weiter zur Autorennbahntesterin und wenig später zur Teamleitung der Bilderbuchherstellung für Kleinkinder. Gerade einmal vier Weihnachten waren seit dem tragischen Nussknackervorfall vergangen, der sie zu Santa Claus' persönlicher Assistentin gemacht hatte. Sie liebte diesen Job, doch jedes Jahr aufs Neue fühlte sie sich unterfordert. Merry verstand nicht, weshalb man ihr lediglich die ach so wichtigen Überwachungskameras anvertraute oder das Auffüllen der Plätzchenteller in den Pausenräumen. Gut, sie verstand, warum diese zwei Aufgaben so wichtig waren. Hungrige Elfen wurden schnell grantig und suchten Streit, nichtsdestotrotz wäre ihr die Suche nach der verschwundenen Post eine mehr als willkommene Abwechslung gewesen. Und es wurmte sie, dass sogar der Temporärchef, den sie kannte, seit er in Windeln kackte und den Spekulatius noch püriert bekommen hatte, genau wie sein Vater war. Bloß keine Verantwortung abgeben und sich auf gar keinen Fall bei irgendeiner Chefsache helfen lassen. Pah, seit wann ist die Post Chefsache?

Die Elfe schüttelte verständnislos den Kopf und warf anschließend einen Blick auf die Uhr. Es war mitten in der Nacht, für einen Anruf beim Weihnachtsmann auf Bali aber trotzdem noch zu früh. Sie schlich durch die Hallen und überprüfte die Fertigungsstraßen im Nachtbetrieb. Im Vergleich zum Tagesgeschäft lief alles langsam und gesittet ab, ganz ohne das Gewusel von hunderten Elfen. Es roch nach Holz und Farbe, nach Leim und Maschinenfett, und über allem schwebte der Duft von Tannenharz und weihnachtlichen Gewürzen. Eine der Fertigungsanlagen spuckte in regelmäßigen Abständen bestückte Kaufmannsläden mit sämtlichem Zubehör aus. Eine weitere Maschine Baustellenfahrzeuge in Senfgelb für Kinder ab sechs Jahren, und auf der letzten in dieser Halle rutschten die Einzelteile von Dreirädern in den monströsen Auffangkorb.

Merry wollte CJ – und erst recht Santa – beeindrucken, sich ihren Platz als Oberelfe am Nordpol sichern, und am allermeisten wünschte sie sich die Rente für den Weihnachtsmann. Dieser Urlaub auf Bali sollte ihm zeigen, wie schön der Ruhestand sein würde. Welch eine willkommene Abwechslung Ausschlafen und reichlich Sonnenschein bei tropischen Temperaturen bedeutete, und dass er sich auf seinen Sohn – und sie – verlassen konnte, wenn er das Ruder übergab. Natürlich sollten ihn auch die Cocktails davon überzeugen. Obwohl die Elfe ahnte, dass Sex on the Beach, Bloody Mary oder Swimmingpool wohl in Strömen fließen müssten, bevor er zugeben würde, dass sie leckerer waren als Glühwein oder Eierpunsch. Und wenn er so weit war, dies zuzugeben, müsste er wohl noch ein paar Margaritas hinterherkippen, um das Familienunternehmen in die Hände der nächsten Generation zu geben. Der Chef war stur, genau wie CJ!

Merry schaltete das Licht in der Halle aus und lief durch das Techniklager. Hier war es kühl und ungemütlich, es roch gar nicht weihnachtlich und außerdem war diese Halle meist verwaist. Vollgestellt mit

Regalen, die bis unter die Decke reichten, und vollgestopft mit Handys, Laptops und Spielekonsolen. Sie bezogen diese Geschenke von einem Großlieferanten – hier lagerten sie lediglich bis Weihnachten zwischen. An den Adventsmontagen kamen die Lieferungen, wurden eingeräumt und gestapelt. Das war's, mehr machte man mit diesem Elektronikzeug nicht. Die Elfe verzog angesäuert den Mund aufgrund der Menge an Schaltkreisen, Akkus und Platinen, die sie umgab und von denen rein gar nichts Handarbeit war – nicht mal die Aufkleber auf den Kartons.

Sie erreichte den Flur, von dem die Quartiere der Elfen abgingen, und betrat nach einem langen Tag endlich ihr Zimmer. Es war still, sobald man den Lärm der Fertigungsstraßen hinter sich ließ, und Merry atmete tief ein. Sie mochte die Stille, aber Hektik und Stress liebte sie abgöttisch. Und Weihnachtslichter, die liebte sie auch, weshalb es in ihrem gemütlichen Zimmer nur so davon wimmelte. Kleine gelbe Punkte flammten auf und erloschen sogleich wieder, nur um Sekunden später erneut zu erstrahlen. Sie legte das Klemmbrett auf die Kommode neben der Tür, streifte die roten Sicherheitsstiefel ab und schlüpfte in die plüschigen Hausschuhe. Vorsichtig löste sie die grüne Haarschleifenspange mit dem roten Glitzerstern in der Mitte, die ihre wilden Locken aus dem Gesicht hielt, und legte sie neben ihre Arbeitsliste. In die Ruhe und das goldene Glimmen mischte sich leises Glöckchengeklingel und rotes Licht pulsierte von ihrem Nachtschränkchen auf. Emsig lief sie durch den Raum, vorbei an dutzenden Kissen, die auf einem Flokatiteppich ruhten, einer weiteren Kommode, einem Sessel bis zum Bett. Dort angekommen drückte Merry auf die Schneekugel. Das Blinken und Klingeln endete abrupt und die kleine Putte darin schüttelte sich den Kunstschnee von der Unterhose. Wild mit den Flügeln schlagend positionierte sie sich schwebend in deren Mitte. Gebt dem kleinen dicken, geflügelten Kerlchen Pfeil und Bogen und er sieht aus wie Amor. Merry grinste bei diesem Vergleich, bis die Putte zu sprechen begann: „Hallo, Merry, Santa hier." Die Stimme der kleinen goldenen Engelsgestalt passte wie Schnee in die Sahara. Sie war nicht kindlich oder niedlich, sondern polterte wie eine Rentierherde über Kopfsteinpflaster. „Wir sind gut auf Bali gelandet und – was soll ich sagen? Es ist heiß. Heiß und sonnig. Ich glaube, ich habe mir schon die Nase verbrannt." Die Putte führte die winzige Hand zu ihrer Stupsnase und deutete darauf. „Aber egal. Was macht Junior? Kommt er zurecht? Hast du die Kameras nachjustiert? Vorhin hab ich nur den Türrahmen vom Büro gesehen. Schafft ihr das wirklich ohne mich? Soll ich nach Hause kommen? Melde dich so schnell du kannst! Santa Ende."

Der kleine geflügelte Kerl verbeugte sich, schwebte auf den Schneekugelboden zu, legte sich auf die Seite und schloss die Augen. Merry drückte energisch auf die Glaskugel, die weißen Kunstkristalle stoben auf und wirbelten erneut um die Putte herum. „Nachricht für Santa", sagte die Weihnachtselfe, und diesmal blinkte der Sockel grün auf. „Fröhliche Weihnachten, Santa", flötete Merry besonders euphorisch. „CJ geht es prima, er ist sehr gewissenhaft und gründlich. Morgen früh fliegt er nach Himmelpfort, um die verschwundenen Briefe aus Deutschland zu suchen. Die Kameras habe ich vorhin neu ausgerichtet und alles läuft nach Plan. Das mit deiner Nase tut mir leid. Merry Ende."

Der kleine dicke Engel wiederholte ihre Worte ebenfalls donnernd. Erneut drückte die Elfe auf die Schneekugel, die Putte wirbelte einmal wild um ihre eigene Achse und kam zum Schluss wieder auf dem Boden zum Ruhen.

Check! 100 von 100 erledigt. Merry lief zum Klemmbrett, hakte die Aufgabe ab und heftete das volle Blatt nach hinten, sodass der Zettel für den nächsten Tag obenauf lag. Sie trug den Ausflug zur Post, der ohne CJs Wissen stattfinden würde, in die Liste ein und freute sich diebisch, den Boss heimlich zu begleiten.

Kapitel 5

Ich fühle mich persönlich von Weihnachten angegriffen

Last Christmas ... Verdammt noch mal. Ich hätte mir gestern doch einen sterbenden Weihnachtsmann ansehen sollen, vielleicht würde der blöde Ohrwurm dann verschwinden.

Mit voller Kraft hieb Noelle die Schneeschaufel in den sich vor ihr auftürmenden glitzrig-weißen Berg. Wie Puderzucker, rief Ashley schon seit Jahren jedes Mal, wenn sie ihre selbst gebaute Schneemaschine über dem Glühweinstand anwarf. Romi fuhr total auf diesen schlecht nachgemachten Schneeschauer vor Lottes Glühweinzauber ab, Noelle konnte darüber nur den Kopf schütteln. Puderzucker. Es hatte schon seinen Grund, dass sie ihre Waffeln seit Jahren lieber mit heißen Kirschen aß. Ihr Sommerdessert wollte sie sich nicht auch noch verderben lassen.

Schnaubend warf sie eine weitere Schippe voll glänzendem Eis-Schnee-Gemisch zur Seite, stützte sich auf den Stiel der Schaufel und betrachtete ihr Werk. Das sollte reichen. Wenn nicht der Weihnachtsmann persönlich in die Post wollte – oder irgendein anderer ungewöhnlich breiter Mann –, würde ihre Kundschaft den Weg zur Tür schon schaffen.

Vorsichtshalber verstreute sie noch etwas zusätzliches Salz auf dem von der Poststraße abführenden Weg, lehnte die Schneeschippe außen an die Wand und ging hinein. Zum Glück hatte sie schon vor einer Stunde als erstes die Heizung voll aufgedreht, bevor sie ihrer winterlichen Pflicht nachgekommen war. Der Verkaufsraum war von einer wohligen Wärme erfüllt und ließ die Reste des Schnees auf ihrer Mütze fast augenblicklich schmelzen, als sie diese abnahm und zusammen mit Schal und Handschuhen an die Garderobe hängte. Leuchtend pink stachen sie aus dem ewigen Rot, Grün und Gold heraus. Wunderbar unweihnachtlich.

Gerade hatte sie die über Nacht abgestorbenen Nadeln des Weihnachtsbaumes zusammengekehrt, da klingelte ihr Handy. Überrascht zog Elly es aus der Hosentasche und betrachtete den ihr angezeigten Namen. Wann um alles in der Welt war Romi das letzte Mal um fünf vor sieben am Morgen wach gewesen? Da stimmte doch etwas ganz gewaltig nicht!

„Krematorium Himmelpfort, Sie killen, wir grillen." Faszinierend, inzwischen musste sie über diese Sprüche kaum noch nachdenken. Allmählich verstand sie, wie manche Autoren ihre Bücher schrieben.

„Ellyyy!"

Ruckartig zog Noelle das Handy ein Stück von ihrem Ohr weg.

„Elly? Hallo? Hörst du mich?"

„Noch höre ich dich, aber wenn du weiter so schreist, bin ich gleich taub."

„Sorry!", schrie ihre beste Freundin schon wieder. Ein seltsames Rauschen klang im Hintergrund mit, ein Dröhnen und lautes Gerede.

„Wo um Himmels willen bist du, Romi?", fragte Noelle und drehte geistesabwesend eine der Christbaumkugeln in der Hand. Eine Schande, dass Herr Jansen sie ersetzt hatte. Die alten, abgegriffenen aus den letzten Jahren hatten ihr besser gefallen. „Was ist da so laut?"

„Ich bin am Flughafen!"

„Am *Flughafen*?" Beinahe hätte sie die Kugel heruntergerissen. „Was machst du bitte am Flughafen?"

„Na, wegfliegen! Ich ... Jan, warte, ich muss noch ... hey ... Lass mich noch kurz telefonieren! Geh schon mal vor, aber nimm die Frauentoilette."

Noelles Augen wurden immer größer. Warum kicherte Romi so? Mit wem sprach sie da? Und warum zum Teufel sollte dieser Jemand in die *Frauentoilette* gehen?! „Romi! Erklär mir jetzt sofort, was da bei dir abgeht! Wer ist Jan?"

Wieder dieses Kichern, dann ein Seufzen. „Ach, Elly. Ich kann es selbst noch nicht glauben. Wir haben uns einfach in die Augen gesehen und ... puff! Als wären wir von Amors Pfeil getroffen worden. Er hat mir Glühwein ausgegeben und dann Eierpunsch und dann Waffeln mit Puderzucker und noch einen Glühwein ... oder waren es zwei? Ich weiß nicht mehr ..."

„Romi", unterbrach Elly sie mühsam beherrscht. Das Seufzen allein hätte ihr schon Antwort genug sein müssen, doch sie wollte es nicht so recht glauben. „Du möchtest mir doch jetzt nicht sagen, dass du diesen Jan gestern auf dem W Markt kennengelernt hast und jetzt mit ihm in den Urlaub fliegst?" Der nächste Flughafen war mit dem Auto zwei Stunden entfernt und Romis Schilderungen zufolge hoffte Elly wirklich, dass weder sie noch dieser Jan in der Nacht hinter einem Steuer gesessen hatte! Doch darum ging es hier auch gar nicht. Es war Romis erneutes Kichern, um das es ging. Ein Kichern, das verdammt viel über ihren derzeitigen Zustand preisgab.

„Elly, es tut mir wirklich, wirklich leid! Ich … ich konnte einfach nicht anders! Er ist so süß. Er ist so toll. Er sieht so gut aus, und damit meine ich nicht nur das Gesicht, nein, du müsstest mal seinen …"

„Zu viele Informationen!", unterbrach Elly sie gerade noch rechtzeitig, kniff die Augen zusammen und fuhr sich mit der freien Hand über die Stirn. „Romi. Du … fliegst also weg, ja? Einfach so?"

„Einfach so!", bestätigte ihre Freundin mit vor Begeisterung kreischender Stimme. „Ist das nicht verrückt? Weihnachten auf Bali! Die Idee kam uns total spontan, da können wir uns noch viel besser kennenlernen. Ich glaube wirklich, dass er der Richtige ist, Elly. So was hab ich noch *nie* gefühlt! Als hätten wir ein Perfect Match!"

Ein Perfect Match? Was sollte sie dagegen noch sagen?

„Okay, dann … wünsche ich euch beiden ganz viel Spaß auf Bali. Genieß es, Romi. Trink ein paar Cocktails für mich mit."

„Danke, Elly. Nimm's nicht zu schwer, ja? Ich weiß, wir wollten Weihnachten zusammen feiern, aber …"

„Nichts aber, Romi", unterbrach Noelle sie sofort und stieß nun doch ein leises Seufzen aus. „Du hast seit der

Schule nicht mehr so verknallt geklungen. Also, genieß es. Ich schaff das schon." Ein weiteres Jahr schreckliche Weihnachten würde sie auch noch überstehen.

„Danke, Süße. Ich melde mich, ja?"

„Mach das."

Bevor Romi auflegte, hörte Elly noch ein deutliches: „Fang bloß nicht ohne mich an!", dann brach die Verbindung ab.

Einen Moment lang stand sie einfach nur da, und die Stille der Post drohte sie zu verschlucken. Elly starrte auf den geschmückten Baum, ohne ihn zu sehen, lauschte auf das Ticken der Uhr, ohne es zu hören. Bloß der penetrante Geruch der Kiefernnadeln drang zu ihr durch.

Es hatte das erste wirklich schöne Weihnachten werden sollen. Das erste Weihnachten ohne ... Weihnachten. Ohne alles, was sie mit dem Dezember, dem Schnee, dem Tannenduft verband. Ein Weihnachten ganz für sie allein.

Als der große Zeiger der Uhr mit einem Ruck auf die zwölf sprang, streckte Noelle kopfschüttelnd den Rücken durch. Sieben Uhr, Arbeitsbeginn. Schluss mit den trübsinnigen Gedanken. Was sie jetzt brauchte, waren wütende Gedanken!

„Verdammte Männer", murmelte sie, griff nach dem Kehrblech und fegte die restlichen Nadeln darauf, um diese im Papierkorb zu entsorgen, bevor sie die Briefmarken auf der Theke zurechtlegte. „Verdammtes Bali, verdammte Cocktails, verdammte Tannen, verdammte ..."

„Guten Morgen, Noelle!"

Abrupt verstummte sie und zwang sich ein Lächeln auf die Lippen. „Herr Jansen!", erwiderte sie den Gruß ihres Chefs. „Sie hätte ich hier nicht erwartet."

„Ach, ich bin auch gleich wieder weg", erwiderte Herr Jansen leichthin und kam an ihre Theke heran, ohne die Mütze abzunehmen. „Ich weiß ja, dass du das Geschäft in der Weihnachtszeit super schmeißt. Obwohl ein Lächeln von Zeit zu Zeit nicht schaden könnte, Elly."

Oh, hatte sie schon wieder aufgehört zu lächeln? Verdammt, das konnte sie doch besser!

„Außerdem wäre es schön, das Wort *verdammt* nicht mehr so oft aus deinem Mund zu hören. Das könnte eventuell die Weihnachtsstimmung trüben."

Lächeln, Elly. Lächeln. „Natürlich, Herr Jansen. Ich werde mich bemühen."

„Sehr schön. Und wo wir gerade bei der Weihnachtsstimmung sind ..." Ihr Chef griff in den Stoffbeutel, den er über der Schulter trug – bei dem Wetter vielleicht keine gute Wahl, aber was wusste sie schon –, und zog etwas daraus hervor. Noelles Augen weiteten sich. „Ich hätte gern, dass du deine Weihnachtsmütze nicht immer zu Hause vergisst. Glücklicherweise habe ich gerade noch eine dabei."

„Glücklicherweise", wiederholte sie starr und griff nach dem roten Stoff mit dem weißen Bommel. Leuchtende Sterne zierten den Rand, und sie meinte jetzt schon die dröhnende Melodie von *Jingle Bells* zu hören, die erklang, sobald man den Bommel drückte. Zumindest so lang, bis jemand mit einem Schuh darauf schlug. Mit einem hochhackigen Schuh. Das war zumindest ihre theoretische Überlegung, die nach Feierabend unbedingt eine praktische Umsetzung erforderte.

„So, das war's auch schon. Ich wünsche dir einen schönen Tag, Elly, und viele Kunden natürlich. Schließlich ist das hier der deutsche Kontakt zum Weihnachtsmann, nicht wahr?"

Elly beschränkte sich auf ein mildes Lächeln, öffnete ein neues Dokument auf dem bereits eingeschalteten Computer und tippte irgendetwas auf der Tastatur, nur um beschäftigt zu wirken und ihrem Chef nicht nachsehen zu müssen.

„Bis morgen, Elly! Ach, und leg deinen Schal doch bitte ins Lager, ja? Das Pink ist nun wirklich nicht weihnachtlich."

Eine der weißen, kleinen Beeren des über dem Eingang hängenden Mistelzweiges fiel zu Boden, als Herr Jansen die Tür hinter sich zufallen ließ.

Elly ballte eine Hand zur Faust und atmete tief ein. Dann entspannte sie ihre Finger und zog die Mütze auf den Kopf, die sie morgen natürlich wieder *vergessen* würde.

Missmutig starrte sie auf den Bildschirm des Computers. *Ich fühle mich persönlich von Weihnachten angegriffen*, stand dort in viel zu kleiner Schrift. Diese Worte verdienten es, hinausgeschrien zu werden, hinaus in die weite Welt! Okay, vielleicht nicht in die Welt. Vielleicht auch nicht geschrien. Aber zumindest in die Weiten dieser Post gemurmelt werden, das sollten sie, das sollten sie immer wieder und ...

Doch Noelle kam nicht dazu, auch nur das erste Wort zu murmeln, denn in diesem Moment wurde die Tür ein weiteres Mal geöffnet. Erst glaubte sie schon, Herr

Jansen hätte ihre Gedanken von draußen gehört und wäre noch einmal zurückgekommen, doch dem war nicht so.

Elly sah auf, blinzelte und unterdrückte ein Lachen, als sie ihren ersten Kunden an diesem Tag erblickte. Abgesehen von den auffälligen Kratzern an seiner Stirn – wahrscheinlich stand der Weihnachtsbaum einfach direkt neben seiner Hantelbank – war er durchaus attraktiv. Der weite rote Mantel, die dicken Stiefel und das tiefgrüne Oberteil machten diese Wirkung jedoch leider sofort zunichte. *Den hätte Herr Jansen letztes Jahr mal als Promoter einstellen sollen.* Vor ihr stand der perfekte Weihnachtself.

Kapitel 6

Deutsche Ingenieurskunst am Arsch

Der Mistelzweig schlug CJ ins Gesicht und genervt rieb er sich die Stirn. Er hatte gehofft, dass die Menschen dazu in der Lage wären, Türrahmen in vernünftigen Größen zu bauen, aber offenbar wurde er enttäuscht. Deutsche Ingenieurskunst am Arsch. Ein weiteres Klischee, das es aufzuräumen galt.

Sein Blick glitt durch den kleinen Verkaufsraum und er stellte überrascht fest, dass zwei Weihnachtsbäume in den Ecken standen, die vielleicht etwas zu enthusiastisch mit Lametta beworfen worden, aber doch ganz hübsch waren. Also dafür, dass Deutschland nicht mit dem Weihnachtsmann kooperieren wollte, schienen sie große Fans von seinem Einrichtungsstil zu sein. Der Postraum sah aus, als sei er direkt aus der Ikea-Weihnachtsedition entnommen worden, die sein Vater seit Jahrzehnten den Schweden schmackhaft zu machen versuchte. Das Einzige, was nicht ganz zu passen schien, war die Frau, die hinter dem Tresen stand. Sie trug zwar eine Weihnachtsmütze, die ihr fast über die Augen rutschte, aber ihr gezwungenes Lächeln glich eher dem einer bösen Stiefmutter als dem eines Elfen. Wenn jemand bei ihm mit diesem Ausdruck herumgelaufen wäre, hätte er ihn draußen in den Schnee geworfen, damit er seine Arbeitsmoral noch einmal überdachte.

Dennoch erwischte er sich dabei, wie er anfing zu lächeln. Sie war süß. Sie hatte dunkelbraune, glatte Haare und graue Augen, die ihn belustigt betrachteten. Was so witzig sein sollte, wusste er nicht, aber ja, damit konnte er arbeiten. Frauen, so hatte er in dem vergangenen Jahrzehnt gelernt, schienen seine Wünsche immer sehr viel ernster zu nehmen, als Männer es taten. Er musste sie nur anlächeln, und sofort waren sie sehr einsichtig und kooperationsfreudig.

Das würde ihm sicher in die Karten spielen. Sein Morgen war mehr als durchwachsen gewesen und er war in Eile. Eines seiner Rentiere, Dancer, hatte seinen Namen etwas zu ernst genommen und hatte entweder lernen wollen zu steppen oder einen plötzlichen Groll gegen seinen Futtertrog entwickelt. Jedenfalls würde CJ zu allem Überfluss noch am Abend einen neuen bauen müssen, denn die Elfen hatten ihm sehr deutlich zu verstehen gegeben, dass das nicht in ihren Aufgabenbereich fiel.

Er atmete tief durch, ließ mit der Hand von seiner Stirn ab und trat auf den Verkaufstresen zu. Er hoffte, diese Angelegenheit schnell regeln zu können, damit er sich endlich den wichtigen Dingen in seinem Leben widmen konnte.

„Hallo", sagte er und stützte sich mit seinen Händen auf dem Tresen ab. „Ich brauche Ihre Hilfe."

Die Frau rückte ihre Weihnachtsmütze auf ihrer Stirn nach hinten, um ihn genervt von unten herauf ansehen zu können. Es war wohl zu viel verlangt, sie darum zu bitten, ihren Job zu machen.

„Man könnte fast meinen, dass ich nur hier stehe, um Menschen wie Ihnen behilflich zu sein."

Wie konnte die Frau jetzt schon wütend auf ihn sein? Er hatte doch noch gar nicht angefangen zu schreien.

„Wieso?", fragte er und verengte die Augen. „Kommen öfter Menschen herein, die Ihnen vorwerfen, ihren Job nicht richtig zu erledigen?"

Sie schnaubte und ihr Gesichtsausdruck wurde gleich noch ein bisschen düsterer. CJ hätte sie sofort als Sonnenfinsternis eingestellt. „Ja, ständig. Wie das nun mal bei der deutschen Post so ist, hier geht dauernd was verloren und das ärgert viele Kunden."

„Was Sie nicht sagen. Wie es der Zufall so will, bin ich genau deswegen hier."

„Ah, natürlich. Was war es denn bei Ihnen? Lassen Sie mich raten. Steroide. Nein, Bartöl! Sie legen doch bestimmt viel Wert auf Ihr gepflegtes Aussehen – und das nur auf natürliche Weise."

Sie zwinkerte ihm gespielt gönnerhaft zu, nur um im nächsten Moment die Augen zu verdrehen und sich ihrem Computer zuzuwenden. Das Einzige, was noch gefehlt hätte, wäre der in die Höhe gereckte Mittelfinger gewesen.

Was ging denn jetzt ab? Es war so klar. Unter allen Frauen auf dieser Welt gelangte er an einen frustrierten Racheengel, der etwas gegen Hipster-Weihnachtsmänner hatte. Wenn er ausgesehen hätte wie sein Vater, wäre ihm das nicht passiert. Das hatte er davon, dass er bemüht war, seinen Cholesterinspiegel auf einer annehmbaren Höhe zu halten. „Natürlich lege ich

Wert auf mein Äußeres. Sollten Sie vielleicht auch mal probieren. Wenn man mit Bartöl Ihren gepressten Gesichtsausdruck in ein charmantes Lächeln verwandeln kann, schenke ich Ihnen eine Flasche zu Weihnachten."

Sie schnaubte, den Blick weiter auf den Computer gerichtet, während ihre Finger über die Tastatur tanzten. „Sie sind so gütig. Wobei kann ich Ihnen denn jetzt *helfen*?"

Ja, als Weihnachtsmann stand Güte nun einmal in der Jobbeschreibung. Es war nicht so, als hätte er da eine große Wahl gehabt. „Sie haben versäumt, Briefe an mich weiterzuleiten."

„Ah." Unter offensichtlicher Anstrengung riss sie ihren Blick vom Bildschirm. „Ihnen ist aber bewusst, dass die Verteilung der Post von der örtlich zuständigen Stelle geregelt wird? Sie sind nicht von hier, ich habe also herzlich wenig mir Ihren Briefen zu tun."

„Und ob sie das haben! Sie haben sich vor Jahrhunderten dazu verpflichtet, all meine Post direkt an mich weiterzuleiten. Damit hat die Verteilungsstelle überhaupt nichts am Hut. Nur nehmen *Sie* Ihre Pflichten ja offensichtlich nicht länger ernst."

Ihre Finger, die weiter die Tastatur malträtiert hatten, hielten inne. „Vor ... Jahrhunderten", wiederholte sie hölzern.

Tat diese Frau jetzt absichtlich so, als hätte sie keine Ahnung, wovon er sprach? Spätestens jetzt hätte ihr doch klar sein müssen, wen sie hier vor sich hatte. Er war davon ausgegangen, dass die Post um ihre Pflicht wusste und ihre Angestellten über den heiligen Pakt, geschlossen zwischen der Gesamtheit des Postwesens und dem Weihnachtsmann, zur Überbringung schriftlicher Nachrichten unterrichtete. Wenn selbst die Schwüre, die Briefe unschuldiger Kinder an Santa zu leiten, gebrochen wurden, was hatte dann überhaupt noch einen Wert?

„Ich weiß auch nicht genau, wie lange mein Vater den Job jetzt schon macht", sagte er ungeduldig. Warum hielt sich die Frau an solchen Kleinigkeiten auf? „So an die 500 Jahre müssten es schon sein."

Die Postfee mit der schlechten Stimmung ließ nun endgültig von ihrem Computer ab. Sie stützte die Ellenbogen auf die Theke und lehnte sich mit zusammengepressten Lippen nach vorne. Versuchte sie ihn jetzt mit ihren vorgestreckten Brüsten zu besänftigen? Also bitte, er war keine sechzehn mehr. „500 Jahre, ja? Also dafür haben Sie sich wirklich gut gehalten. Meinen Respekt. Dieses Öl muss ja etwas ganz Besonderes sein."

„Meine Güte, Sie sind ja wirklich besessen von diesem Öl. Das werde ich direkt als Geschenk für Sie auf meine Liste schreiben. Aber fürs Erste würde es mir sehr helfen, wenn Sie mir einfach meine diesjährigen Briefe aushändigen könnten, damit ich noch den verdammten Futtertrog für Dancer bauen kann! Ich hab wirklich nicht den ganzen Tag Zeit." Er hatte gehofft, mit diesem Gespräch seinen Stresslevel sinken und nicht in die Höhe schießen zu lassen!

Sie verdrehte die Augen und er konnte sie abfällig „Dancer ..." murmeln hören. Gegen Rentiere hatte sie also offenbar auch was. „Einen einzelnen Brief wiederzufinden ist so gut wie unmöglich, wenn er verloren ist", sagte sie in einem sachlichen Ton, den er ihr fast nicht zugetraut hätte.

„Wie gut, dass es 300.000 Briefe sind", knurrte er. „Die können kaum zu übersehen sein, sollte man meinen."

Die Augen seines Gegenübers wurden groß. „Wie bitte?"

„Spreche ich irgendwie undeutlich? Wie inkompetent muss man sein, 300.000 Briefe einfach so zu verlieren?"

„Warum in Gottes Namen sollten Sie 300.000 Briefe bekommen?" Die Postdame fing an, sich mit nervös fahrigen Bewegungen die Haare unter ihre Mütze zu stopfen. Misstrauisch legte CJ den Kopf schief.

Sie wusste, wovon er sprach.

Vielleicht tat sie dümmer, als sie wirklich war. „Ich bin eben ein wichtiger Mann", sagte er trocken.

Er konnte sie schlucken sehen, bevor sie sich zu ihrer vollen Kleinheit aufrüstete und aufmüpfig ihr Kinn reckte. „Ich ... bräuchte dann einmal Ihren Ausweis. Vielleicht ... finde ich ja etwas unter Ihrem Namen."

Ausweis? CJ war in seinem Leben noch nie nach seinem Ausweis gefragt worden. Er trank Eierpunsch, seit er zwölf war, und niemand hatte sich je um sein Alter oder seine Identität geschert. Alle wussten, wer er war! „Ich habe keinen Ausweis. Aber es wäre nett, wenn sie unter *Santa Claus* nachsehen könnten. Oder auch *Weihnachtsmann*, wenn die Leute sich hier nicht haben amerikanisieren lassen. Dinge, die ans Christkind adressiert sind, nehme ich allerdings auch. Sie wird es ja nie erfahren und seien wir ehrlich: Einen besonders guten Job macht Christy schon lange nicht mehr. Die Überbevölkerung ist einfach zu viel für sie, aber sie hat ja schließlich auch keine Elfen, die ihr helfen könnten." Das Christkind weigerte sich bis heute, dessen Ein Frau Firma zu expandieren. Aber CJ wollte sich nicht beschweren. Mehr Business für ihn. Er zuckte mit den Schultern. „Selbst schuld. Sie will sich einfach nicht helfen lassen."

Die Augen der Postfee weiteten sich für einen Moment, bevor sie kurz lachte, den Kopf schüttelte und schließlich breit lächelte. „Aber natürlich, Santa Claus! Dass ich Sie nicht gleich erkannt habe. Entschuldigen Sie, aber dieses Jahr war Christy wohl schneller. Sie kam gestern vorbei und hat leider alle Briefe mitgenommen."

Scheiße! War das vielleicht das Problem? Hatte Christy ihm Deutschland strittig gemacht?

„Sie haben ihr alle Briefe gegeben?", fragte er ungläubig. „Selbst die, die an mich adressiert waren? Das ist verdammter Diebstahl und ich sollte Sie anzeigen! Sie können nicht einfach wahllos meine Briefe jemand anderem geben."

Die Postfee brach in Gelächter aus, das CJ absolut nicht nachvollziehen konnte. „Sie sind echt gut. Hat mir meinen beschissenen Morgen versüßt, danke sehr." Sie seufzte laut auf. „Dann sagen Sie mir doch jetzt einfach, was ich wirklich für Sie tun kann. Ich stehe hier bedauerlicherweise nicht nur zum Spaß rum und habe noch einiges hinten im Lager ..."

„Ich habe das Gefühl, Sie nehmen das Ganze nicht ernst. War Christy nun hier oder nicht?" Er hatte wirklich keine Geduld für so einen Schwachsinn.

„Meine Güte, Sie haben recht. Ich hab wirklich keine Geduld für so einen Schwachsinn. Sagen Sie mir, was Sie wollen, oder gehen Sie!"

Es reichte. Sein Geduldsfaden hatte soeben das Ende erreicht.

„Schwachsinn? Nennen sie das Glück von 300.000 Kindern etwa Schwachsinn?"

Er senkte seine Stimme und beugte sich näher zu ihr heran. „Hören Sie mir mal gut zu. Ich habe einen Job zu erledigen und den nehme ich nicht auf die leichte Schulter. Ich bin der amtierende Weihnachtsmann und Ihr Land ist das einzige, das seine Briefe nicht geschickt hat. Ich brauche diese Briefe, sonst weiß ich nicht, was ich den Kindern bringen soll – ich kann ja schlecht allen ein iPhone schenken. Wie unkreativ stünde ich denn dann bitte da? Also sagen Sie mir einfach, wo meine Briefe sind, dann bekommen wir beide kein Problem."

Mit geöffnetem Mund starrte sie ihn an. „Also, noch mal langsam. Sie sind der Weihnachtsmann. Sie vermissen 300.000 Briefe aus Deutschland, vermuten diese hier bei mir und erwarten, dass ich sie Ihnen einfach aushändige, ohne dass Sie sich ausweisen können? Woher soll ich denn bitte wissen, was Sie mit den Briefen der Kinder anstellen wollen? Man hört ja von so einigen kranken Vorlieben, die ..."

„Also haben Sie die Briefe?", unterbrach er sie und neue Hoffnung keimte in ihm auf.

„Ähm ..."

„Das deute ich als Ja. Warum haben Sie sie nicht weitergeschickt?", fragte er verwirrt. „So wie vereinbart?"

Die Frau verschränkte die Arme vor der Brust. „Ich habe mit niemandem etwas vereinbart."

„Sie vielleicht nicht, aber diese Poststelle! Also, was genau ist Ihr Problem? All die Jahre läuft alles reibungslos und vor drei Jahren denken Sie sich plötzlich: Ach nee, pissen wir doch heute mal den Weihnachtsmann an und hören auf damit?"

„Pah. Wenn Ihnen erst nach drei Jahren auffällt, dass die Briefe fehlen, scheint ‚reibungslos‘ ja nicht der passende Ausdruck zu sein."

„Ich hab damit nichts zu tun, mein Vater war derjenige, der das ignoriert hat. Aber Probleme zu ignorieren und Kekse zu essen liegt einfach nicht in meiner Natur. Aber das ist auch alles egal: Wenn Sie mir jetzt einfach endlich mein rechtmäßiges Eigentum aushändigen könnten …"

„Haben Sie einen Ausweis, der bestätigt, dass Sie die Briefe empfangen dürfen?"

„Nein."

„Dann kann ich Ihnen die Briefe leider nicht aushändigen. Wenn Sie jetzt bitte meine Poststelle verlassen würden, da wäre ich Ihnen sehr verbunden."

„Nein. Ich gehe nicht ohne die Briefe. Und wenn Sie mir nicht glauben, nur weil ich keine 300 Kilo wiege und mein Gesicht zu hübsch ist, um es hinter einem Rauschebart zu verstecken, dann leiten Sie die verdammten Teile doch einfach an meine Poststelle weiter – so wie alle anderen vor Ihnen es auch geschafft haben!"

Sie lächelte zuckrig, bevor sie flüsterte: „Nein."

Ruckartig zog er seine Hände vom Tresen. „Es scheint mir, dass wir in eine Sackgasse geraten sind. Das gefällt mir nicht. Und Dinge, die mir nicht gefallen, sind meistens schlecht für alle in meiner Umgebung."

„Vielleicht können Ihre Rentiere Ihnen aus dieser Sackgasse raushelfen. Die haben Sie hier doch bestimmt um die Ecke geparkt."

Irritiert runzelte er die Stirn. „Natürlich steht mein Rentier nicht um die Ecke. Ich habe es im Wald angebunden. Ich bin doch kein Tierquäler und setze es den schlimmen Abgasen aus."

„Entschuldigen Sie, aber hören Sie sich eigentlich selbst zu?", fuhr sie ihn an, die Arme dramatisch in die Luft werfend. „Verlassen Sie sofort meine Post oder ich rufe die Polizei!"

Okay. Diese Frau war offensichtlich verrückt. Das hier hatte keinen Sinn. Er würde einfach nachts noch einmal wiederkommen und sich die Briefe holen. Sie würden hier ja wohl noch irgendwo herumliegen. Wirklich. Menschen. „Das hier ist noch nicht vorbei", sagte er grimmig und deutete mit dem Zeigefinger auf sie. „Die Briefe gehören mir und ich werde eine durchgeknallte Posttante nicht das Weihnachten hunderttausender Kinder zerstören lassen." Er wandte sich zum Gehen.

„Ja, genau, die Kinder brauchen einen verrückten Möchtegern-Weihnachtsmann, um dieses ach so tolle Fest zu retten", rief sie ihm hinterher und ihre Stimme triefte nur so vor Bitterkeit. „Viel Glück dabei."

CJ hob die Augenbrauen und hielt im Schritt inne.

Hatte sie gerade Weihnachten beleidigt?

Kapitel 7

Krieger der Liebe

Amor schlitterte um die Kurve. Neuschnee spritzte auf und traf einige Passanten, die sich erschrocken umdrehten, doch sehen konnten sie nichts. Seine Tarnung war einfach brillant! Solange Amor es nicht wollte, würde ihn kein menschliches Wesen entdecken. Er trug schließlich nicht umsonst diesen Tarnanorak, abgesehen davon, dass er ihm einfach unglaublich gut stand.

Amor hastete den Bürgersteig entlang, schwenkte scharf nach links und rannte auf die Straße, ohne auf die Fahrzeuge zu achten. Ein Auto kam ihm gefährlich nahe, aber er wich geschickt aus und hielt auf die parkenden Fahrzeuge auf der anderen Straßenseite zu. Statt sich durch die Lücke zu schieben, rollte er sich geschmeidig über die Motorhaube des kleinen Fiat und landete auf den Füßen. Amor lächelte. Dann rannte er weiter.

Im Lauf zog er das Smartphone aus seiner Tasche und betrachtete das Display – zwei Punkte blinkten dicht beieinander auf. Sofort beschleunigte Amor das Tempo. Sein Herz klopfte ihm bis zum Hals, seine Lunge brannte.

Das war sein letzter Auftrag. Just in diesem Moment befanden sich beide Zielpersonen in unmittelbarer Nähe zueinander. Wenn er sich beeilte, konnte er sie erwischen und endlich in seinen wohlverdienten Urlaub aufbrechen. Amor sprang über eine vereiste Pfütze, die sich unter dem Fallrohr einer Regenrinne gebildet hatte.

Wie gerne wäre er jetzt geflogen! Seinen Berechnungen zufolge hätte ihm das eine Zeitersparnis von 2 Minuten und 43 Sekunden eingebracht. Amor knirschte mit den Zähnen. Um zu fliegen, müsste er seine Tarnkleidung ausziehen. Nicht, dass er sich für seinen Oberkörper schämte – durch das Training war sein *Pectoralis Major* inzwischen recht ausgeprägt –, aber er durfte sich vor den Menschen nicht mehr zeigen. Anordnung von ganz oben.

Plötzlich bemerkte Amor etwas aus den Augenwinkeln und blieb abrupt neben einem Schaufenster stehen. Hinter der Glasscheibe grinsten ihm höhnisch kleine Porzellanfiguren entgegen. Fette Knaben mit blondem Lockenkopf und einem dramatisch flatternden Stofffetzen auf Höhe der Hüfte waren auf verschiedenen Ebenen aufgereiht wie eine riesige Armee von Bogenschützen, die mit ihren lächerlich winzigen Pfeilen auf den Betrachter zielten. Amor verzog angewidert den Mund. Er wusste, dass er das sein sollte. Zwinkernder Amor, auf einem Bein hüpfender Amor, Amor mit Männerbrüsten – grimmiger Amor mit geladenen Handfeuerwaffen vor dem Fenster.

Ein Muskel zuckte an Amors Augenlid. Einmal! Ein einziges Mal vor mehr als tausend Jahren hatte er sich in seiner kindlichen Unbedarftheit den Menschen gezeigt und noch bis heute hing ihm das Image des fetten Jungen nach! Er wurde es einfach nicht los. Amor rümpfte die Nase. Obwohl er es nicht durfte, hatte er sich dennoch wiederholt den Menschen gezeigt – in der Hoffnung, sie würden endlich aufhören, sich über ihn lustig zu machen. Aber sie hatten ihn gar nicht für voll genommen, als er sich als Amor vorgestellt hatte. Aus unerfindlichen Gründen hatten sie ihn für einen abgedrehten Armeefreak gehalten. Nun, in gewisser Weise sah er sich ja selbst als Soldat. Als Krieger der Liebe. Er lächelte, aber eine eisige Windböe wischte ihm die Freude sofort aus dem Gesicht. Natürlich hatte die Chefetage spitzgekriegt, dass er die Regeln gebrochen hatte, und ihm prompt seinen Urlaub gestrichen. Seither versuchte Amor, sich nicht von diesen süßen Götzen provozieren zu lassen, so schwer es ihm auch fiel.

Der Signalton seiner App riss ihn aus den Gedanken.

Amor rannte zähneknirschend los und ließ das Bataillon winziger Liebeskrieger hinter sich zurück. Noch einmal würde er sich nicht den Urlaub streichen lassen!

„Datenabruf zu Zielperson A", verlangte er im Lauf.

„Zielperson A. Name: Elly. Alter: 25. Status: genervt. Bereit für die Große Liebe: 62 Prozent. Erkennungszeichen: Weihnachtsmannmütze mit Musikvorrichtung."

„Datenabruf Zielperson B."

„Zielperson B. Name: CJ. Alter: 27. Status: optimistisch. Bereit für die Große Liebe: 91 Prozent. Erkennungszeichen: Stirnverletzung."

Na, das fing ja gut an. Noch gar kein Paar und es gab bereits die ersten Handgreiflichkeiten.

Amor bog in die nächste Straße ein und lokalisierte das Gebäude, in dem sich die beiden Zielpersonen aufhalten sollten. Amor blieb stehen und verengte die Augen. Er scannte das Terrain, um sich im Kopf einen Lageplan möglicher Fluchtwege und Zugriffsoptionen zu skizzieren. Links neben der Poststelle befand sich eine Eiche, um die sich von der kahlen Krone bis hinunter zum dicken Stamm eine Sternenlichterkette wand. Im Moment war sie ausgeschaltet, genauso wie der Rest der weihnachtlichen Stadtbeleuchtung. Mehrere Müllcontainer standen in einer Gasse und vor dem Gebäude selbst eine Bank. Nirgendwo waren Menschen zu sehen.

Amor entschied sich kurzerhand für den Baum. Seinen Berechnungen zufolge müsste er bloß den dritten Ast von unten erreichen, um in einem Winkel von 23 Grad durch ein auf Kipp gestelltes Fenster das zukünftige Liebespaar anzuvisieren.

Amor schlich an den Häuserreihen entlang, näherte sich vorsichtig der Poststelle und beschrieb dann einen Bogen in Richtung Eiche. Plötzlich tauchten zwei Passanten auf, schwerbepackt mit einem Haufen ausgebeulter Plastiktüten. Reflexartig drückte sich Amor in den Schatten eines Lieferwagens, aber die Fußgänger sprachen lebhaft miteinander und bemerkten ihn dank seiner Tarnung gar nicht. Als sie um die Hausecke verschwanden, wirbelte Amor herum und hielt schnurstracks auf den Baum zu. Er stemmte seine Füße gegen die Eiche, als wollte er die gesamte Stammlänge hinauflaufen, aber nach drei Schritten stieß er sich ab und fiel in einen Rückwärtssalto. Geschickt landete er auf dem untersten Ast, der kaum unter seinem geringen Gewicht nachgab. Amor machte einen Satz und packte den nächsthöheren Ast mit den Händen. Schnee löste sich und platschte ihm ins Gesicht, aber er zuckte nicht einmal mit der Wimper. Er schwang sich wie ein Trapezkünstler – halt, nein! Wie ein Ninja, ja, dieser Vergleich gefiel ihm besser. Er schwang sich wie ein Ninja auf den dritten Ast. Mit einer geschmeidigen Bewegung richtete Amor sich auf und überprüfte erneut die Umgebung. Zufrieden stellte er fest, dass er noch immer allein war.

Dann spähte Amor durch das Fenster und sofort durchströmte ihn Erleichterung.

„Sichtkontakt", flüsterte er zu sich selbst.

Beide Zielpersonen waren noch da. Er zog das Smartphone aus seiner Jackentasche und verkleinerte die Karte. „Kompatibilität berechnen", sprach er leise ins Telefon.

„Kompatibilität wird berechnet ...", wiederholte die App.

Ungeduldig wartete Amor auf den vertrauten Signalton. All seine Muskeln spannten sich an. Schweiß brach ihm unter den Armen aus.

„Nun mach schon!"

„Kompatibilität berechnet. Perfect Match."

Amor atmete aus. Gut. Er steckte das Smartphone weg und seine Finger legten sich wie von selbst um den Griff seiner Handfeuerwaffe. Amor zog sie aus dem Holster. *Mabel* war eine Spezialanfertigung für ihn. Sie lag gut in der Hand, war leicht und schnell einsatzbereit, trotzdem verfügte sie über ein großes Maß an Präzision – nicht zu vergleichen mit einem Scharfschützengewehr, aber das nutzte Amor bloß, wenn er keine Chance hatte, näher heranzukommen. Der Aufbau des Gewehrs kostete Zeit und Geduld – und er war ein Adrenalinjunkie! Mabel war bereits geladen. Amor schob den Sicherheitshebel in Laufrichtung nach vorn und zielte. Er musste genau durch den Spalt des Fensters treffen. Das Paar stand perfekt, da machte CJ einen Schritt vor. Vorsichtig korrigierte Amor einen Millimeter nach rechts.

Es war wichtig, dass der erste Schuss ein Treffer war. Rein theoretisch hätte Amor zwar eine zweite Patrone, aber die war nur für den Notfall gedacht. Zumal man sich nie ganz sicher sein konnte, ob ein Streifschuss nicht bereits genügte. Wenn ein Paar die doppelte Ladung Liebeszauber abbekam, konnte das zu einer regelrechten Obsession führen.

Nicht dass ihm das schon einmal passiert wäre. Oder zweimal.

Amor konzentrierte sich. Sein Urlaub war nur noch ein Schritt von ihm entfernt! Er blähte die Nasenflügel, stieß den Atem aus und ... WUMM!

In genau diesem Moment traf ihn etwas Kaltes und Feuchtes im Gesicht und schleuderte seinen Kopf nach rechts.

Ein Schuss löste sich.

„Scheiße!", entfuhr es Amor. Schnee tropfte auf seine Schulter. Augenblicklich schnellte sein Blick zu dem Paar zurück, die rote Glitzerspur schwebte noch in der Luft, aber die Ladung ... hatte sie getroffen?

Panik erfasste Amor. Da hingen ein paar Glitzersterne an der roten Jacke des Mannes, aber verdammt, er war sich nicht sicher, ob er wirklich getroffen hatte.

Amor schob den Unterkiefer vor und bleckte seine Zähne. Er fuhr herum, dorthin, von wo aus der Schneeball auf ihn zugeflogen war. Mit finsterem Ausdruck maß er den Störenfried, ein kleines rothaariges Etwas, das sich Amor gerade zum Todfeind gemacht hatte. Er wischte sich mit dem Handrücken das Schmelzwasser von der Wange und donnerte: *„Weißt du, was du da angerichtet hast, du blöde Nuss?“*

Kapitel 8

Weil Rot heiß ist

Dieser verfluchte Weihnachtself würde heute noch für ihr erstes graues Haar sorgen. Und so uneitel sie auch war, das würde sie nicht zulassen.

Noch immer zuckrig lächelnd starrte sie ihn an, während er sich langsam wieder zu ihr umwandte. In ihrem Bauch rumorte es wie sonst nur nach einer ganzen Packung Spekulatius. Er sollte einfach verschwinden! Sie hatte doch gute Argumente angeführt, warum sie ihm die Briefe nicht geben konnte. Bei der Post ging nun mal ab und an was verloren!

„Was haben Sie gesagt?"

Der Weihnachtsmann – Gott, das klang sogar in ihren Gedanken einfach nur lächerlich! – sah sie stirnrunzelnd an und rieb sich die Seite. Die vielen Muskeln schienen ständige Massagen zu benötigen.

„Viel Glück dabei", wiederholte sie etwas langsamer als zuvor und genoss den Anflug von Ärger, der sich dabei auf seinen Zügen ausbreitete.

„Nein, ich meine das andere. Als Sie Weihnachten beleidigt haben."

Ah, Santi fühlte sich persönlich angegriffen. Elly kannte das Gefühl.

„Natürlich, Verzeihung. Warten Sie, wie hatte ich mich ausgedrückt?" Scheinbar nachdenklich legte sie einen Finger an die roten Lippen. „Ah, richtig. Um dieses ach so tolle Fest zu retten, brauchen die Kinder bestimmt einen verrückten Möchtegern-Weihnachtsmann wie Sie."

„Mhm." Seine Augenbrauen wanderten ein Stück weiter zusammen. Die zupfte er sich bestimmt regelmäßig, sonst würden sie sich bei seinem üppigen Haarwuchs schon längt berühren. „Das hatte ich befürchtet. Ich denke, Sie schulden Weihnachten eine Entschuldigung. Und mir auch, wenn ich darüber nachdenke ..."

Ach was, er *ließ* sie sich bestimmt zupfen. Ja, da war Elly sicher. Jemand wie er würde so etwas nicht selbst machen ...

„Hat Ihnen eigentlich schon einmal jemand gesagt, dass Ihre Haut aussieht wie das Weihnachtsporzellan meiner Mutter?"

Warum war es plötzlich so kalt an ihren Zähnen? Ach ja, ihre Kinnlade war weit heruntergeklappt. Schnell schloss sie den Mund und beschränkte sich darauf, ihn entgeistert anzustarren. „Bitte was?" Urplötzlich überkam sie ein Hustenanfall, sie hob beide Hände vor den Mund und trat einen Schritt zurück. „Ich ... nein. Noch mal von vorn." *Nicht aus der Ruhe bringen lassen.* Was dachte der Typ sich eigentlich? Über das Weihnachtsporzellan seiner Mutter wollte bestimmt niemand etwas wissen! Vor allem sie nicht. Wobei ... nein, stopp, es ging um etwas anderes. „Ich ... werde mich mit Sicherheit nicht entschuldigen. Weder bei Ihnen noch bei Weihnachten."

So. Das war doch schlagfertig. Auf den Rest musste sie ja nicht eingehen.

Der sture Weihnachtself vor ihr schüttelte den Kopf und blinzelte ein paarmal zu oft. Fast, als wäre er selbst von seinen Worten irritiert. Was auch immer er eingeworfen hatte, bevor er sich in dieses Kostüm geschmissen hatte – ganz ehrlich, dieses grüne Shirt war doch mindestens zwei Nummern zu klein und der rote Mantel dafür viel zu groß –, er sollte weniger davon nehmen. Oder ihr zumindest etwas abgeben.

Bevor Elly diese Gedanken weiter ausführen konnte, drehte sie sich demonstrativ um und konzentrierte sich auf das hinter der Theke stehende Regal. Der Briefstapel dort lag nicht genau parallel zur Wand, das musste schleunigst berichtigt werden.

„Sie können unmöglich was gegen Weihnachten haben. Das ist, als würden Sie gegen Hundebabys sein!", erklang seine Stimme hinter ihr.

Fahrig ließ Elly ihre Finger an ein paar Ordnern entlanggleiten und vertauschte zwei davon. „Ich war schon immer eher der Katzentyp."

Ein lautes Schnauben ertönte.

„Was werfen Sie Weihnachten denn vor? Ist es Ihnen zu besinnlich? Zu gemütlich? Zu wunderbar? Zu viele Geschenke? Zu viel leckeres Essen? Und könnten Sie sich jetzt bitte umdrehen! Ihre Lippen sind wirklich wunderschön und ich möchte sie anstarren, während ich mit Ihnen rede."

Na, den Gefallen würde sie ihm gern tun. Wütend fuhr sie herum und funkelte ihn an. „Was ich Weihnachten vorwerfe, geht Sie einen feuchten Schneehaufen an! Und in genau den werde ich Sie gleich befördern, wenn Sie sich diese bescheuerten Kommentare nicht verkneifen! Hey! Hier sind meine Augen!"

„Ich ... was?" Er sah von ihren Lippen auf. „Entschuldigung, ich ... nee ... was?" Jetzt wirkte er vollends verwirrt, kratzte sich sogar am Kopf. Aha, vernünftig sprechen konnte er wohl auch schon nicht mehr. Das wurde ja immer besser.

„Was soll das heißen: Nee, was? Das zähle ich durchaus auch als bescheuerten Kommentar." Musternd ließ sie ihren Blick erneut an ihm hinabwandern. „Bescheuert passt ohnehin ganz gut zu Ihnen. Solche Arme versteckt man doch nicht in so einem schrecklichen Kostüm. Und was sollen die Kratzer auf der Stirn? Zu oft in den Weihnachtsbaum gelaufen?"

Eine seiner Augenbrauen flog in die Höhe. „Reden Sie von meinem Mantel? Es ist nun mal kalt am Nordpol."

Nun war es an Elly, zu schnauben. „Ach. Wirklich? Ich dachte, die Pinguine würden da ihren Sommerurlaub verbringen."

„Sie würden keinen Tag am Nordpol überleben und ... darum geht es jetzt wirklich nicht."

Stimmt, stellte Elly fest. Es schien ihm schon wieder um ihre Lippen zu gehen. „Sie als Gentleman könnten mir ja dabei helfen, dort den Tag zu überstehen. Unter Ihrem Mantel ist es bestimmt kuschlig warm." Hoppla. Hatte sie das wirklich gerade gesagt?

„Wenn ich Ihnen den Mantel gebe, könnten Sie sich ja überhaupt nicht mehr konzentrieren. So sehr, wie Sie gerade schon meine Bauchmuskeln anbeten."

„Was?" Blinzelnd sah sie ihm wieder in die Augen, konnte aber nicht verhindern, gleich darauf noch einmal auf seinen Bauch zu sehen. Verdammt, das Sixpack hätte auch Photoshop nicht besser hinbekommen. „Ähm …" Worauf wollte sie noch hinaus? „Jedenfalls steht Weihnachten auf der Liste der tollsten Feste ganz weit unten. Gegen Karneval oder … Ostern kommt nichts an."

Er schnaubte verächtlich. „Das ist so typisch Frau. Der süße Hase wird dem dicken, bärtigen Mann vorgezogen. Aber ich sage Ihnen was: Ich wette, ich könnte Sie davon überzeugen, dass Weihnachten Ostern in den Arsch tritt."

Überzeugen, ja? Hm, ohne den Mantel würde ihm das mit Sicherheit eher gelingen. *Hey, Moment! Sei schlagfertig, er kann dich mal!*

Elly atmete einmal tief durch, dann stützte sie die Ellbogen auf die Theke und beugte sich lächelnd ein Stück vor. „Das könnten Sie nicht einmal in hundert Jahren Ihrer so kostbaren Lebenszeit."

Er lächelte selbstgefällig. „Ich würde keine vier Treffen benötigen."

Belustigt richtete sie sich wieder auf und verschränkte die Arme vor der Brust. „Ach, so überheblich sind wir heute, ja?"

„Wenn es die Wahrheit ist, hat es nichts mit Überheblichkeit zu tun: Drei Treffen und Sie würden jedem Ihrer Freunde von Weihnachten vorschwärmen."

Stirnrunzelnd sah sie ihn an. „Und wenn nicht?"

„Wenn nicht … dürfen Sie die Briefe behalten. Aber wenn doch … dann geben Sie mir alle 300.000, von denen Sie gerade so unüberzeugend behauptet haben, dass Sie nicht wüssten, wo sie wären."

Einen Moment lang betrachtete sie ihn nachdenklich. Natürlich war er nicht der Weihnachtsmann, das wäre ja noch schöner. Aber … er wusste von den Briefen. Und sie würde nicht zulassen, dass irgendjemand an ihrer Stelle die Weihnachtspost der Kinder aus ganz Deutschland in die Finger bekam. Die Briefe waren bei ihr besser aufgehoben, bei ihr wurden sie beantwortet.

„Sie lassen wohl nicht locker, was?", brachte Elly schließlich leise hervor.

„Nein. Und wenn ich durch Ihren Schornstein einbrechen oder ein Zelt vor dem Eingang dieser Poststation aufbauen muss – ich werde die Briefe bekommen."

Sie schluckte. Bei dem breiten Kreuz würde er ohnehin nicht durch einen Schornstein passen, aber dennoch … „Und wenn ich nach diesen drei Treffen nicht von Weihnachten schwärme, lassen Sie mich in Ruhe und tauchen nie wieder hier auf?"

„Jap. Dann werde ich Ihre Entscheidung akzeptieren und ein …" Er hustete einmal kräftig, „Gentleman sein. Aber das wird nicht passieren."

„Dass Sie ein Gentleman werden?", wiederholte sie mit einem unschuldigen Lächeln.

„Dass ich Sie nicht überzeugen kann", sagte er durch die Zähne hindurchgepresst. Na, wenn das mal keine Vorlage war.

„Sind Sie wirklich sicher? Ich kann manchmal sehr stur sein." Allmählich fand sie Gefallen daran, ihn zu reizen. Das tiefe Braun seiner Augen schien dabei noch eine Spur dunkler zu werden.

„Oh, Sie haben keine Ahnung von meinen Fähigkeiten. Die beschränken sich übrigens nicht nur auf meine Überzeugungskraft." Er machte noch einen Schritt vor, kam direkt vor ihrer Theke zum Stehen und sah sie herausfordernd an. „… und ich mag Ihre Haare."

Sie wollte spöttisch die Augen verdrehen – wirklich! –, aber dann machte sie irgendwie auch einen Schritt vor und stützte sich auf der Theke ab, um nicht nur seinen Blick zu erwidern, sondern auch um seine Herausforderung anzunehmen. „Na, dann hoffe ich, dass Sie von meinen Haaren, meinen Lippen und meiner porzellangleichen Haut nicht zu sehr abgelenkt sind, um mich mit nur drei Treffen vom schrecklichsten Fest des Jahres zu überzeugen."

„Wenn ich oberkörperfrei auftauche, würden Sie doch sofort nachgeben und *I love Weihnachten* in Ihr Tagebuch schreiben", flüsterte er. „Aber ich brauche keine dreckigen Tricks. Weihnachten spricht für sich!"

Sie konnte nicht umhin zu bemerken, wie sich jeder Muskel in ebendiesem Oberkörper anspannte, als er sich von der Theke abstieß und einen Schritt zurück machte.

„Morgen! Ich hole Sie von der Arbeit ab. Ist sieben okay?"

„Eigentlich habe ich morgen etwas sehr, sehr Wichtiges vor und würde lieber ..."

„Natürlich haben Sie etwas Wichtiges vor, Sie treffen sich mit mir." Mit erhobener Hand ging er Richtung Tür. „Also, bis morgen, und ziehen Sie etwas Rotes an."

Elly schnaubte, doch dieser Laut wurde von dem eisigen Windhauch übertönt, der in diesem Moment zur geöffneten Tür hereinwehte. „Damit wir gut zusammenpassen, ja?"

Grinsend wandte er sich noch einmal zu ihr um. „Nein, weil Rot heiß ist."

Er zwinkerte ihr zu und verschwand.

Kapitel 9

Amor, Killer, Attentäter; wo liegt denn da der Unterschied?

Ich bin ein Held!

Vor weniger als einer halben Sekunde hatte Merry CJ das Leben gerettet und jetzt schnaufte sie wie nach einem Spekulatiusrausch.

Nicht dass die letzte Stunde nicht schon anstrengend genug gewesen war. Sie hatte sich heimlich an CJs Fersen heften müssen, sich am Rentierschweif festgekrallt und zu guter Letzt bei dem Eintritt in die reale Welt einen Schrumpfvorgang auf Tinkerbell-Größe über sich ergehen lassen. Ihre roten Locken lugten unter der Mütze hervor und standen in alle Himmelsrichtungen ab, und ihre Wangen überzog eine dünne Eisschicht, die nun langsam abbröckelte. Bissig grinste sie den Schützen im Tarnanorak an. „Waffe weg, du Killer!", brüllte sie und flog in einem dramatischen Bogen über den knorrigen Ast, der sie trennte. Dabei verzog die Elfe das Gesicht und bleckte die Zähne. „Sofort!"

Der Kopf ihres Gegenübers lief tiefrot an, an seinem Kiefer zuckte ein Muskel. „Killer?", wiederholte er unangenehm schrill. „Weißt du denn nicht, wer ich bin?!"

„Ich gehe davon aus, dass dich der Osterhase geschickt hat, um seinen Erzfeind zu eliminieren." Merry

landete vor ihm und riss energisch einen schön gezack-
ten Weihnachstern aus Hartplastik von der Lichterkette, umfasste zwei Enden und bedrohte den Rambo-
Zwerg damit. „Aber eigentlich ist das total egal. Lass
jetzt endlich die Waffe fallen!"

„Sag mal, hast du eine Dose Energy geext oder hast du
immer solche Paranoia?", zischte der Kerl im Tarnan-
zug, aber dann seufzte er. „Von mir aus." Er schob die
Waffe ins Holster zurück. „Meine *Mabel* werde ich an
dir sowieso nicht vergeuden. Und vielleicht kommst du
jetzt mal ein bisschen runter ... denn *ich* bin derjenige,
der sauer ist! Hör sofort auf, mit dem Pieksding vor
meinem Gesicht rumzufuchteln!"

„*Du* bist sauer?" Sie versetzte ihm einen energischen
Piekser mit der Sternspitze, als die Bedrohung seiner
Waffe endlich gebannt war. „Du bist sauer?" Sie stach
erneut auf ihn ein. Ihr Gegenüber wich hastig aus und
verschwand mit einem Salto rückwärts auf einem anderen Ast, der sich zwar in ihrer Nähe, jedoch außerhalb ihrer Reichweite befand.

„Du Vollpfosten hast vier Tage vor dem Fest des Jahres auf den Weihnachtsmann geschossen."

Der Schütze starrte sie entgeistert an, dann huschte
der Anflug eines Lächelns über seine Züge. „Du
glaubst", demonstrativ verschränkte er die Arme vor
der Brust und zog die Augenbrauen hoch, „ich hätte
versucht, Santa umzubringen?"

„Ja, hast du doch!" Merry ahmte provokativ seine Kör-
perhaltung nach.

Er schnaubte amüsiert. „Bin ich eine frustrierte Postbotin, die an Weihnachten arbeiten muss, oder was?"

„Wenn schon, dann ein kleinwüchsiger deprimierter Postbote!" Sie kicherte und stockte kurz darauf. „Wobei du wirklich komische Munition hast. Was genau bewirkt dieser rote Glitzerschweif?"

„Alter!", brachte er zwischen zusammengebissenen Zähnen hervor. „Ich bin Amor! A-M-O-R! Kapiert?"

„Ja nee, ist klar, und ich bin Queen Elisabeth II." Sie schlug sich theatralisch mit der Hand gegen die Stirn und grinste herausfordernd.

Der vermeintliche Amor zischte. „Du glaubst mir nicht, was? Schön, ich zieh mich gerne aus und zeig dir meine Flügel. Aber nicht hier, wo Menschen sind ..."

„Ich habe auch Flügel und bin deshalb nicht gleich Cupido, sondern eine Weihnachtselfe. Könntest du den Weihnachtsmann bitte einfach in Ruhe lassen?" *Noch mehr Komplikationen.* Sie stöhnte leise. Wahrscheinlich würde ihre Checkliste bis Weihnachten auf über 200 Aufgaben pro Tag anwachsen.

„Klar, dass du nicht Amor sein kannst", sagte ihr Gegenüber mit gesenkter Stimme und brüllte dann plötzlich los: „Denn ICH bin Amor! Und nein, ich lasse den Weihnachtsmann *nicht* in Ruhe! Ich habe verdammt noch mal einen Auftrag zu erledigen, den du mir wahrscheinlich gerade vermasselt hast!"

Merry begann lauthals zu lachen und stieß immer wieder einzelne Worte hervor. „Amor ... Killer ... Attentäter; wo liegt ... denn da ... der Unterschied?" Sie wischte sich eine Lachträne aus dem Augenwinkel und holte tief Luft. „Alle haben eins gemeinsam: Sie versauen Menschenleben." Sie warf den Stern nach ihm. *Idiot!*

Er prallte an seiner Brust ab.

Die Elfe zog aufgrund seiner teilnahmslosen Abwehr eine enttäuschte Schnute. *Ich hätte viel fester werfen sollen.*

Amor hob eine Braue.

Verspottete er sie jetzt etwa auch noch? *Na warte.* „Jetzt weiß ich wenigstens, warum das Verliebtsein so schnell aufhört oder gar nicht erst aufflammt – wenn du immer so schießt wie ein Blinder. Obwohl ich bei CJ echt dankbar bin. Er hat einen superwichtigen Job zu erledigen und kann sich nicht von Herzchen, Kino und romantischem Gedöns ablenken lassen."

Amors Gesicht färbte sich rot. „Ich habe bloß nicht getroffen, weil du dumme Weihnachtsgans mich gestört hast." Er räusperte sich. „Meine Trefferquote liegt immerhin bei 99,8 Prozent", fügte er arrogant hinzu. „Außerdem vermittle nur ich die einzig wahre große Liebe. Du sprichst von dem Bullshit, den die Menschen selbst verzapfen. Also lass mich gefälligst meine Arbeit machen!"

Merry löste die Arme aus der Verschränkung und kratzte sich am Saum der grünen Wollmütze. „Ich bin eigentlich ganz froh, dass du ihn nicht getroffen hast", gestand sie kleinlaut.

„Moment!" Amor hob tadelnd den Finger in die Höhe. „Ich habe nicht gesagt, dass es keine Möglichkeit mehr gibt, die beiden zusammenzubringen." Er grinste verschlagen.

„Untersteh dich! Weihnachten auf Probe darf nicht gefährdet werden." Sie flog zu ihm auf den Ast. „Vielleicht in 80 bis 130 Jahren, wenn er etwas Übung hat." Sie bohrte den Zeigefinger in seine überraschend muskulöse Brust. *Huch, was war das denn?* Erstaunt wieteten sich Merrys Augen. „Was ist eigentlich aus dem süßen, halb nackten Knaben mit Pfeil und Bogen geworden? Hat dir jemand dein Spielzeug geklaut und du hast Rache geschworen?"

Amors Nasenflügel blähten sich, ein tiefes Grollen drang aus seiner Kehle, und Merry bemerkte, dass sich seine Muskeln tatsächlich noch fester anspannen konnten. „Pistolen sind effizienter", knurrte er. „Und ich bin schon lange nicht mehr fett! Du trägst als Weihnachtselfe ja auch kein … oh warte. Doch, du entsprichst voll und ganz dem Klischee."

Was bildet sich dieser Vollpfosten ein? Ich bin kein Klischee, ich bin … beständig! „Sag mal, wenn du für das Verliebtsein zuständig bist, weshalb verhältst du dich dann so kratzbürstig? Müsstest du nicht mit Nettigkeiten um dich werfen?" Sie verzog die Lippen zu einem dünnen Strich und stemmte die Hände in die Hüften.

„Die Liebe ist ein knallhartes Geschäft, Püppchen." Amor seufzte. „Da ist kein Platz für Weicheier. Und jetzt mach den Weg frei, ich habe eine Mission!"

„Ist mir doch egal! Waffe und Finger weg von meinem Chef, such dir ein anderes Opfer." Sie schlug wild mit ihren Flügeln und flatterte ein paar Zentimeter über dem Ast.

Er betrachtete sie eingehend und grinste.

Merry riss die Augen auf. „Oh nein, nein, nein! Untersteh dich! Ich bin für deine Spielchen nicht zu haben … und überhaupt, ich hab keine Zeit für dieses romantische Zeug."

„Tja, so gerne ich auch dafür sorgen würde, dass du dich in eine Straßenlaterne verliebst", erwiderte er mit einem Schmunzeln, „dazu habe ich leider keine Befugnis. Immerhin geht es hier um das Gesetz der Liebe." Amor verengte die Augen. „Ich habe einen Eid geschworen, jeden Auftrag auszuführen, und rein zufällig ist dies der letzte, der mich noch von meinem wohlverdienten Urlaub trennt!" Er holte tief Luft. „Ob es dir passt oder nicht, dein CJ wird sich verlieben. Vielleicht ist er gerade schon dabei", stichelte er, und Merry öffnete bereits den Mund, um ihm stürmisch zu widersprechen, doch er schnitt ihr das Wort ab. „Aber ich kann dich beruhigen, ich werde erst wieder auf die beiden feuern, wenn ich absolut sicher bin, dass du meinen Schuss verpatzt hast. So lange behalte ich sie bloß im Auge."

Herausforderung angenommen! Sie grunzte abwertend. „Das werde ich zu verhindern wissen, denn ich bin immer in CJs Nähe, wie ein abgerichteter Rottweiler, und beschütze ihn. Erst recht vor dieser unnötigen Gefühlsduselei." Sie nickte bekräftigend und zwirbelte siegessicher eine ihrer roten Locken um den Finger. „Du legst dich mit mir an, wenn du ihn weiter stalkst!" Sie flog einen halsbrecherischen Looping und bohrte erneut einen Zeigefinger in seine Brust.

Ohne mit der Wimper zu zucken, schnipste Amor der Weihnachtselfe gegen die Stirn, sodass sie in der Luft zehn Zentimeter nach hinten gestoßen wurde, ehe sie sich fing. „Vor dir hab ich keine Angst."

„Solltest du aber!", knurrte sie verärgert und rieb sich über die Stirn. *Arroganter, aufgepumpter Robin Hood für verliebte Volltrottel.*

Die Tür der Poststelle öffnete sich und Merry schaute nach unten. CJ trat mit einem merkwürdigen Grinsen im Gesicht auf den Bürgersteig und lief in die Richtung, wo sein Rentier Blitzen auf ihn wartete. *Wenn in seinen Augen jetzt auch noch Herzchen aufploppen, raste ich aus.*

„Du wirst verlieren", hörte sie Amor mit einem selbstgefälligen Unterton flöten.

Von wegen! Merry entfernte sich von Baum und Widersacher, rief: „Ich werde gewinnen!", und zeigte Amor den Stinkefinger, der in ihrem grünen Glitzerhandschuh wunderbar zur Geltung kam.

Kapitel 10

Was zum Osterhasen ging hier vor sich?

Was für ein sonderbarer Tag.

Schweiß perlte CJs Schläfen und seinen Hals hinab, als er sich das vierundzwanzigste Mal an der in den Türrahmen gespannten silbernen Stange hinaufzog und auf dem Weg nach unten ein wenig Tannengrün ausspuckte.

Er hatte heute einer Frau gesagt, dass er gerne ihre Lippen anstarren würde.

Klar, es war die Wahrheit gewesen, aber normalerweise war er besonnen genug, *peinliche* Wahrheiten für sich zu behalten. Er hätte sich selbst als äußerst charmanten und intelligenten Typen bezeichnet – wenn er so bescheiden sein durfte –, aber heute ... er hatte keine Ahnung, was in ihn gefahren war. Ein paar Sekunden lang hatte er es für eine wunderbare Idee gehalten, der Postfee Komplimente über ihre makellose Haut zu machen. Nur um dann festzustellen, dass er sich zum Affen machte.

CJ schüttelte den Kopf und vollzog den nächsten Klimmzug. Misteln schlugen ihm ins Gesicht, doch das Ziepen an seiner Stirn lenkte wenigstens von seinen brennenden Muskeln ab.

Hatte er ernsthaft vorgeschlagen, dass er ihr in drei Treffen das Wunder der Weihnacht näher bringen konnte?

Also, natürlich konnte er das, sie war schließlich eine Frau, und mit ein wenig Neuschnee und Glitzer würde er ihren hübschen Kopf schon geraderücken – die Sache war nur, dass er dazu absolut keine Zeit hatte! In fünf Tagen war Weihnachten und die Liste an zu erledigenden Dingen war länger, als die 300.000 aneinandergelegten vermissten Briefe aus Deutschland maßen. Er konnte seine Zeit nicht damit verbringen, einer sturen Frau Vernunft in ihren Kopf zu küs¬–, ähm, zu trichtern. In ihren Kopf zu trichtern.

Für einen Rückzieher war es jedoch zu spät. Nicht zuletzt deswegen, weil die Postfee keinen beschissenen Schornstein hatte, den er herunterklettern hätte können. Diese blöden modernen Menschen mit ihrem Elektrofeuer!

Wenn er also nicht einbrechen wollte – was zu seinem Image als Weihnachtsmann einfach nicht passte und seiner PR-Elfe schlaflose Nächte bescheren würde –, musste er seine Schnapsidee wohl oder übel durchziehen.

CJ seufzte schwer, schloss die Augen und zog sich erneut an der Klimmzugstange nach oben. Sein Kopf stieß gegen einen der Tannenzweige, doch diesmal wurde das vertraute Piksen von einem Schlag gegen einen schmerzhaft harten Gegenstand begleitet.

„Au, verdammter …"

Er ließ die Klimmzugstange los und zusammen mit ihm fiel etwas anderes zu Boden. Etwas, das für einen Tannenzweig zu schwer schien.

Verwirrt nahm er ein Handtuch vom Stuhl, um sich den Schweiß aus dem Nacken und von der Brust zu wischen, während er sich mit schief gelegtem Kopf den schwarzen Gegenstand besah, der da vom Himmel gefallen war.

Mhm.

Dass Kameras in einer Standardtanne eingebaut wurden, war ihm neu.

„Merry!", schrie er, bückte sich nach der Kamera und blickte in die Linse.

Was zum Osterhasen ging hier vor sich?

„Merry!", brüllte er erneut, bevor er sich seinen Spekulatius-Lebkuchen-Proteinshake schnappte und in einem Zug leerte. Doch auch der vertraut süße Geschmack beruhigte ihn nicht. Seit wann wurden seine Mitarbeiter ausspioniert? Man sollte meinen, er als Chef wüsste davon! Oder ... Moment mal ...

Langsam ließ er die Kamera sinken und runzelte die Stirn.

„Ich bin schon da, Chef, kein Grund so zu brüllen. Bei was darf ich helfen?"

Die rothaarige Elfe war im Türrahmen erschienen, ihre Wangen von der Kälte gerötet, einzelne Schneeflocken in ihren Haaren. Sie musste direkt von draußen kommen.

„Was ist das?", fragte CJ mit zusammengekniffenen Augen und hielt ihr die Kamera vors Gesicht. Er hatte keine Zeit für höfliche Floskeln.

Die Elfe legte ihren Kopf schief, und der Ausdruck von Unschuld, der in ihren Augen erschien, ließ ihn sofort stutzig werden. „Eine kleine schwarze Keksdose?"

CJ schnaubte.

„Hm … eine Batterie?“

„Versuch es noch mal.“

„Eine Kamera?“, fragte sie auffallend beiläufig.

„Das siehst du ganz richtig“, sagte er langsam. „Rate doch mal, wo ich diese Kamera gefunden habe.“

Merry zuckte mit den eingeschneiten Schultern und Schneematsch kleckerte auf den Boden.

„Sie hat zwischen den Mistel- und Tannenzweigen gesteckt. Fast so, als wolle sie jemand verstecken.“

„Wie sonderbar.“

„In der Tat. Du weißt nicht zufällig etwas von dieser Kamera? Oder für wen sie bestimmt ist?“

„Seit dem Nussknackervorfall hängen in der Produktionszeit bis Weihnachten immer diese Geräte in den Misteln und Tannenzweigen. Das weiß jeder. Es soll für ein sicheres Arbeitsklima sorgen.“

„Alle Mitarbeiter wissen es? Und du hieltest es nicht für wichtig, auch mir diese Information zu unterbreiten? Und warum sind die Kameras bitte versteckt, wenn alle es wissen?“

„Du stellst sehr viele Fragen. Die Kameras sind unauffällig in die Deko integriert, damit man sie besser ignorieren kann, und die da“, die Elfe deutete auf das schwarze Kästchen, „ist vielleicht verrutscht, weil dein Sturkopf beim Training ständig dagegen donnert. Außerdem dachte ich, Santa hätte dir davon erzählt.“

CJ verengte die Augen und roch eine ausgemachte Schippe Rentiermist. Die Röte auf den Wangen der Elfe rührte nicht nur von der Kälte draußen. Warum sollte sein Büro überhaupt kontrolliert werden? Die Maschinen unten, in Ordnung. Möglicherweise sogar die Ställe, falls ein paar der Rentiere sich ins Geweih bekamen. Aber sein Büro?

Nein. Nein, das konnte nur einen Grund haben.

„Merry, hältst du mich für dumm?", fragte er gelassen.

„Vielleicht für ein wenig eitel, stur und rechthaberisch, aber nicht für dumm."

„Die Kamera war im Türrahmen meines Büros befestigt!", schrie er, und die Elfe zuckte zusammen. „Warum wusste ich nichts davon? Und noch viel wichtiger: Wer hat das angeordnet?"

„Also, ich … vielleicht hat Christy ja spionieren wollen …"

„Oh, ich bitte dich. Christy hinterlässt Goldglitter, egal wohin sie geht. Sie ist in etwa so gut dazu geeignet, unbemerkt eine Kamera anzubringen, wie das Krümelmonster dazu, Süßigkeiten zu fasten oder wie … wie … Amor als Scheidungsanwalt!" So langsam wurde er so richtig wütend. „Also, Merry. Sag mir die Wahrheit. Kontrolliert mein Vater aus seinem Urlaub heraus meine Arbeit?"

„Erwähne ja nie wieder Amor, wenn du willst, dass ich dir auch weiterhin doofnasige Aufgaben abnehme, damit du Sit ups, Spinning- und Hanteltraining machen kannst!" Sie fuchtelte mit dem Klemmbrett vor seiner Nase herum. „Und dein Vater würde dich nie kontrollieren."

Dass er nicht lachte. Das wäre *genau* das, was sein Vater tun würde! CJ hatte seinen eigenen Kontrollzwang nicht von ungefähr. Verdammt noch mal, ihm wurde ja nicht einmal eine richtige Chance gegeben. Wenn jeder erwartete, dass er es vermasselte, wie hoch war die Wahrscheinlichkeit dann, dass er es nicht tat?! „Merry", knurrte er. „Ich sehe mich dazu gezwungen, die ganze Werkstatt nach Kameras abzusuchen und sie auf der Innenseite einer Klobrille anzukleben. Der Nussknackervorfall war traumatisch, ich weiß, aber wir werden keinen unserer Mitarbeiter – und ganz bestimmt nicht mich – Tag und Nacht überwachen. Dann wären wir ja keinen Deut besser als die Menschen! Also, sieh zu, dass alle Kameras bis morgen früh verschwunden sind. Von mir aus kannst du ein paar bei den schweren Maschinen lassen. Es kann nicht schaden, sofort Bescheid zu wissen, wenn eine Probleme macht – aber wenn ich außerhalb der Werkstatt eine einzige Linse finde, dann wird hier aber ein Schneesturm losgetreten, durch den uns nicht mal Rudy führen könnte! Hast du mich verstanden?"

Merry war so in sich zusammengesunken, dass es aussah, als würde die Schwerkraft doppelt auf sie einwirken. Ihre Ohren waren scharlachrot angelaufen und er konnte sie schwer schlucken sehen.

Ihm egal, dass er sie eingeschüchtert hatte. Seinem Vater konnte er gerade nicht die Meinung geigen, weil der ja am Strand lag und seinen Bart bleichte – und irgendwen hatte er einfach anschreien müssen. Denn CJ war so wütend, dass es ihm schwerfiel, zu atmen. Traute ihm denn niemand zu, dass er dazu fähig war, seinen Job zu erledigen? Gott, CJ brauchte wirklich dringend einen Erfolg, um über das Misstrauen seines alten Herrn hinwegzukommen. Die Postfee würde morgen nicht wissen, wie ihr geschah! Sie würde vor Glück Tränen in den Augen haben, so gezielt würde er sie mit der weihnachtlichen Perfektion einlullen, die er für sie geplant hatte. Er würde noch am selben Abend die verdammten Briefe bekommen, damit er endlich seinen Job weitermachen und seinem Vater und allen anderen beweisen konnte, dass sie im Unrecht waren. Und damit er endlich seine Sporteinheit vernünftig zu Ende führen konnte. Er war unausgelastet, wenn er nicht auf seine 50 Klimmzüge und 100 Liegestütze am Tag kam!

„Wieso stehst du hier immer noch rum, Merry?", blaffte er die Elfe an. „Sammle die Kameras ein!"

Die Elfe nickte hastig und wuselte dann auf den Gang hinaus.

CJ seufzte so tief, dass er das Gefühl hatte, einer seiner Lungenflügel müsse gleich reißen. Es war, als versuche jemand künstlich Probleme heraufzubeschwören! Weihnachten war stressig genug, ohne dass er sich mit einer kratzbürstigen Weihnachtshasserin und dem Big Brother-Weihnachtsspecial herumschlagen musste.

Wütend stapfte er in sein Büro und zog sich ein frisches T Shirt über, als ein helles Glöckchenklingeln ertönte.

Was für ein Timing! Der gute Herr Geheimagent hatte bestimmt bemerkt, dass eine seiner Teufelskameras außer Kraft gesetzt worden war.

CJ riss seine oberste Schublade auf und kramte die Schneekugel daraus hervor, die hektisch aufblinkte und emsig klingelte. Er presste die Lippen aufeinander, als die kleine hässliche Engelsfigur, die seiner Meinung nach keine Existenzberechtigung hatte, in der Glaskugel nach oben schwebte und das kleine Mündchen öffnete.

„Sohn, hier ist dein Vater", verkündete ihm Santas dunkle Stimme. „Ich wollte nur kurz nachhaken, wie es so läuft. Irgendwelche Schwierigkeiten?"

Typisch.

CJ schlug auf den Sockel der Kugel, der sofort grün aufleuchtete. „Alles super, keine Schwierigkeiten, Grüße an Mutter, entspann dich, Finger weg von den Keksen", fuhr CJ die Figur genervt an, schmiss sie zurück in die geöffnete Schublade und schlug sie zu.

Er musste das ultimative Weihnachtstreffen vorbereiten. Ein Treffen, das die Postfee Weihnachtssterne sehen lassen würde! Keine Zeit für höfliche Floskeln.

Kapitel 11

Liebe besiegt alles

Knapp oberhalb der Schneedecke und in atemberaubendem Tempo surrte etwas am Gebüsch vorbei und tiefer in den Wald aus kahlen Bäumen hinein. Menschen hätten es leicht mit einer Fledermaus verwechseln können. Einer nervigen, rot grün funkelnden Fledermaus, die Amors Pläne vereiteln wollte!

„Nicht mit mir", zischte Amor und bekam ein paar vertrocknete schwarze Blätter des Strauchs zwischen die Zähne, in dem er saß. Angeekelt puhlte er sie sich von seiner Zunge. „Liebe besiegt alles", bestätigte er sich selbst, achtete aber von nun an besser darauf, weiteren Blättern auszuweichen.

Sein Blick folgte der Weihnachtselfe, die den verschneiten Waldweg entlangflog und unvermittelt an einer Buche Halt machte. Amor zückte sein Fernglas, sodass er ihre Bewegungen genau betrachten konnte. „Wusst' ich's doch!" Ein Lächeln huschte über seine Züge.

Gegen Mittag war Amor von seiner App benachrichtigt worden, dass sich beide Zielpersonen nach CJs Verschwinden am Vortag erneut in derselben Stadt befanden – allerdings mehrere hundert Meter Luftlinie voneinander entfernt. Mit einem Blick auf die digitale Karte hatte er festgestellt, dass die Frau bloß in der Poststelle herumlungerte, während der Mann zielstrebig auf einen Punkt außerhalb von Himmelpfort zusteuerte. Scheinbar hatte er nicht vor, Elly aufzusuchen, weswegen es keinen Sinn gemacht hatte, ihm zu folgen. Trotzdem hatte sich Amor an ihn gehängt. Vielleicht konnte er Anzeichen von Verliebtsein an ihm entdecken. Doch als er CJ am Waldrand einholte, war dieser weder liebestrunken, noch mit verzücktem Gesichtsausdruck durch den Schnee getorkelt.

Auf Amor hatte er eher verbissen und ärgerlich gewirkt. Der Mann trug zwei übereinandergestapelte Klappboxen vor sich her und eine rote Strickmütze mit dickem Bommel auf dem Kopf, unter der ein paar dunkle Strähnen hervorlugten. Sein Schnaufen schien von seiner Wut zu kommen, nicht von der Kraftanstrengung.

Ich wüsste gerne sein Trainingsprogramm, dachte Amor und folgte CJ unauffällig in den Wald. Der Kerl machte trotz seiner schlechten Laune den Eindruck, etwas Romantisches vorzuhaben, denn nach ein paar Metern blieb er stehen, stellte seine Klappboxen ab und entnahm der ersten einen Stapel Papierlampions. Er entfaltete sie zu tellergroßen weißen Kugeln und befestigte sie in regelmäßigen Abständen an den herabhängenden Ästen oberhalb und abseits des Weges.

Amor verschränkte die Arme vor der Brust. „Dumme Menschen", flüsterte er. *Seine Bemühungen sind völlig umsonst, wenn er nichts von meinem Liebeszauber abbekommen hat.* Trotzdem betrachtete er den Mann mit aufkommendem Wohlwollen bei seiner Tätigkeit.

Schließlich deutete dies darauf hin, dass Amors Pfeil sein Ziel nicht verfehlt hatte.

Die Strecke führte über einen halben Kilometer durch den Wald, und es dauerte anderthalb Stunden, bis der Mann all seine Lampions losgeworden war. Zusätzlich hängte er noch durchsichtige Plastiksterne in die Bäume und murmelte dabei immer wieder Sätze wie: „Ich werd' s allen zeigen!" und „Sie wird es lieben! Ich bringe sie dazu, es zu lieben! Heute Abend!" Gefolgt von einem irren Lachen.

Warum der Kerl sich selbst als Neutrum bezeichnete, war Amor schleierhaft, aber die Postbotin schien ja selbst eine Schraube locker zu haben, also zweifelte er das Perfect Match nicht an. Amor lächelte matt. Na gut, die App war von ihm persönlich programmiert – ergo unfehlbar –, er hätte sowieso nicht gezweifelt. Aber spätestens jetzt war er sich sicher, dass sein Schuss ihn wenigstens gestreift haben musste. Der Mann ließ alle Verpflichtungen fahren, um dieses für Amors Geschmack viel zu kitschige Date vorzubereiten. Wenn es nach seiner Meinung ginge, dann … aber er schweifte ab. Warum sollte CJ die Frau dazu bringen wollen, sich zu verlieben, wenn er nicht von demselben Gefühl beseelt war?

Amor spähte durch das welke Dickicht eines bereits vor dem Blätterfall vom Frost überraschten Haselstrauchs und grinste siegessicher, als CJ die Beleuchtung mit einer Fernbedienung testete. Heute Abend würde er noch einmal zurückkehren, um sich davon zu überzeugen, dass alles nach Plan verlief. Amor seufzte zufrieden. „Tut mir leid, Weihnachtselfe. Du hast verloren."

Doch als hätte er mit der Aussprache des Namens einen Dämon heraufbeschworen, bemerkte er aus den Augenwinkeln plötzlich eine Spur von Glitzerstaub. Instinktiv kauerte sich Amor tiefer ins Gebüsch. Die hatte ihm gerade noch gefehlt!

Die kleine Weihnachtselfe blieb hoch oben in der Luft schweben und starrte zu der Stelle hinunter, an der der Mann gerade seine Utensilien – unter anderem Schere und Klebeband – sowie einen Haufen Plastikmüll zusammenräumte und in einer Klappbox verstaute.

Selbst auf die Entfernung meinte Amor, ihren Blick heiß auflodern zu sehen, und er wunderte sich, dass CJ noch nicht zu einem Häufchen Asche verbrannt war. Amor blinzelte. Kam es ihm nur so vor oder stand ihr Haar in Flammen?

CJ war inzwischen mit seinen Aufräumarbeiten fertig und marschierte mit zufriedenem Gesichtsausdruck den Weg zurück, den er gekommen war.

Amor schüttelte den Kopf, um den Schreck loszuwerden, der ihm für einen Moment in die Glieder gefahren war. Er atmete langsam ein und aus und gewann rasch seine angeborene Nüchternheit zurück. *Sie hat mich nicht gesehen*, stellte er fest und leckte sich die Lippen. Mit schmal gezogenen Augen beobachtete er, wie sie zum Sturzflug ansetzte. Die Elfe fing ihren planmäßigen Fall kurz vor Schneekontakt ab und sauste in die Richtung des mit einem Lampion geschmückten Baumes, der ihr am nächsten stand. Amor zückte sein Fernglas.

Sie wird doch nicht ...

Oh doch, sie tat es. Mit ihren winzigen Fingerchen fummelte sie an dem batteriebetriebenen Lampion herum. Dieser rothaarige Weihnachtsteufel sabotierte das Date! Doch die Elfe hatte die Rechnung ohne Amor gemacht. Der Krieger der Liebe würde nicht zulassen, dass sie seine Bemühungen – schön, CJs Bemühungen – zerstörte.

Amor nahm das Fernglas herunter und knurrte. Am liebsten wäre er sofort aus dem Unterholz gepoltert und hätte die Elfe mit ihren Flügeln an den nächsten Baumstamm geheftet, aber er musste Ruhe bewahren. Er durfte sie nicht aufschrecken und einen Streit provozieren. Sein Plan war ein anderer.

Amor sah durch das Fernglas, wie die Elfe sich nervös umschaute und dann hektisch weiterflog, um hinter einer Eiche zu verschwinden.

Unverzüglich ließ Amor das Fernglas in seinen Rucksack gleiten, machte einen Schritt vor und lugte aus dem Gebüsch. Niemand zu sehen. Er hielt auf den Baum zu, an dem der Lampion befestigt war, und schnaubte. Genau, wie er angenommen hatte: Der Schalter war auf ‚OFF‘ gestellt. Der Wald würde schwarz und dunkel bleiben. Amor knipste den Lampion wieder ein, damit er auch funktionierte, sobald CJ ihn mit der Fernbedienung ansteuerte.

Amor sah in die Richtung, in der die Elfe verschwunden war, und entdeckte die Plastiksterne, die wie Shuriken im Schnee steckten. *Ich muss wachsam sein, sie ist möglicherweise bewaffnet.*

Lautlos folgte er der Weihnachtselfe die ganze Strecke entlang, die zuvor von CJ so mühevoll dekoriert und inzwischen von ihr sabotiert worden war. Überall waren die Lampions ausgeschaltet und Sterne achtlos heruntergeworfen. Auf dem Weg lagen Äste, deren Größe Amor erst beeindruckte und dann ärgerte, weil er sie von der Straße zerren musste. Wie hatte der blöde Nervelf die überhaupt dort hingewuchtet? Dicke Schneeklumpen waren auf den niedrig hängenden Ästen platziert, die durch ihre Last so tief gezogen wurden, dass sie unweigerlich die Köpfe von Passanten treffen würden.

Widerwillig musste Amor darüber lächeln, mit welcher Inbrunst die Weihnachtselfe diese Spur der Zerstörung gelegt hatte, um ihren Chef vor der Liebe zu bewahren. Fast tat es ihm leid, dass er ihr die Tour vermasseln würde. Aber nur fast!

Sie war nervig.

Gerade als Amor den letzten Lampion anschalten wollte, hörte er eine helle Stimme und entdeckte zeitgleich im Schnee zu seinen Springerstiefeln eine kleine grüne Haarspangenschleife mit einem großen silbernen Glitzerstern in der Mitte.

„Sch–", weiter kam er nicht, sein Instinkt gewann die Oberhand und er hechtete in das nächste Gebüsch.

„Wo hab ich sie bloß verloren?", murmelte die Elfe. „Ah, da."

Amor hörte das Surren ihrer Flügel ganz nah bei sich. Er hielt den Atem an und duckte sich tiefer hinter das Geflecht aus Zweigen. Zwar trug er seinen Wintertarnanzug, aber die Elfe hatte ihn dennoch schon einmal entdeckt, scheinbar wirkte er nur bei Menschen. Zum Glück hatte CJ bereits den ganzen Schnee plattgetrampelt, sodass die kleineren Schuhabdrücke vor dem Baum gar nicht auffielen. Hoffte er. *Flieg weiter!*

„So, und jetzt flieg ich alles noch mal ab!", rief sie gut gelaunt.

Nein!

„Dieser aufgeblasene Guerillakrieger-Verschnitt wird sich wundern, wie schnell die Posttante die Flucht ergreifen wird, wenn sie sich im dunklen Wald gruselt und der von den Zweigen fallende Schnee sie erschreckt. Dem sind eindeutig die vielen Eiweißshakes zu Kopf gestiegen." Sie kicherte über ihren Witz. „*Ich* entscheide, wann sich der Chef verliebt. Und heute passiert das ganz bestimmt nicht!"

Guerillakrieger-Verschnitt? Amor schob grimmig den Unterkiefer vor. Eiweiß ist für die Muskelbildung unablässig, aber so was weiß der Kekskobold wohl nicht! Seine Zähne knirschten laut. Zu laut!

„Hm? Was war das?"

Ganz ruhig bleiben!, schalt er sich selbst. Ich darf jetzt nicht auffliegen.

Just in diesem Moment ertönte die Flötenmelodie von *Kling, Glöckchen, kling* und lenkte die Aufmerksamkeit der Elfe von dem verräterischen Knacken im Gesträuch ab.

„Oh nein, so spät schon?", hörte er die Elfe rufen. „Die Mitarbeiterversammlung wegen der Spekulatiuskontroverse beginnt gleich!"

Ein leises Flattern erklang, Amor spürte einen Windhauch und dann war er allein. Erleichtert atmete er aus, wartete aber noch kurz, ehe er aus dem Gebüsch kroch und sich erhob. Er klopfte den Schnee von seiner Jacke, ehe er die geballte Faust gen Himmel streckte. *„Liebe besiegt alles!"*

Kapitel 12

Amaretto mit Kakao

CJ war nicht nervös.

Diese Emotion war einfach nicht in der Bandbreite an Gefühlen enthalten, die ihm zur Verfügung stand. Er war ab und an mal aufgeregt. Manchmal empfand er auch Respekt vor einer Situation. Ganz selten hatte er vielleicht auch mal Angst – zum Beispiel, wenn seine Mutter entschied, Kekse zu backen, und er vorher lieber noch mal nachsah, ob der Feuerlöscher an seinem angestammten Platz stand.

Aber Nervosität?

Nein. Die kannte er nicht.

Deswegen fiel es ihm möglicherweise auch schwer, einzuordnen, wie er sich fühlte, als er vor der Glastür der Poststelle stand und hinter der beschlagenen Scheibe eine dunkelhaarige Gestalt, die die Mütze seines Vaters trug, von einer Seite zur anderen schlendern sah.

Die Postfee, deren Namen er sich vielleicht mal hätte merken sollen, ließ sich Zeit. Sie hatte ihn bereits bemerkt, da war er sich sicher. Er war aufgrund seiner schieren Körpergröße und des roten Mantels kaum zu übersehen. Und dennoch machte sie keine Anstalten, nach draußen zu kommen. Dabei war es bereits zwei Minuten nach sieben!

CJ atmete ein und aus. Er betrachtete die weißen Wölkchen, die sein verbrauchter Atem in die Luft malte. Betrachtete die Eiskristalle, die vom Himmel fielen und sich sanft auf den Bürgersteig legten, um die graue Fläche mit Weiß zu überdecken. Schnee machte die Welt friedlich. Ruhig. Besinnlich. Für ein paar kostbare Momente sorglos und schön.

Genau das, was Weihnachten mit den Menschen tun sollte.

Ein kleines Lächeln zupfte an seinen Mundwinkeln. Er hatte alles vorbereitet. Den Schlitten. Den Kakao. Die Kekse. Die Dekoration. Den perfekten Weg zur vollkommenen weihnachtlichen Romantik.

Die Postfee würde nicht wissen, wie ihr geschah, und ihm am Ende des Abends versichern, dass sie nicht nachgedacht hatte, als sie Weihnachten beschimpft hatte.

Das war es, worauf er sich freute. Darauf, im Recht zu bleiben ... und endlich die Briefe zu bekommen.

Und vielleicht auch auf ihr Gesicht. Vielleicht ein wenig darauf, wie der Schnee in ihren Haaren und auf ihren Wangen schmelzen würde. Und vielleicht würde er sie ja heute auch zum Lachen bringen. Nicht zu diesem falschen Lachen, das sie bereits zum Besten gegeben hatte, sondern zu einem ehrlichen, befreiten ...

Mit einem Klingeln glitt die Tür auf und CJs Gedanken hielten abrupt inne.

„Oh, du bist ja schon da", stellte seine Abendbegleitung fest und zog sich ihren grellpinken Schal enger um den Hals. Ihre grauen Augen funkelten in dem spärlichen Licht, das die Straßenlaternen spendeten, und sie sah fast so aus, als hätte sie nicht mit seinem Erscheinen gerechnet.

„Ich sagte sieben, oder nicht?", stellte er fest. „Und, trägst du Rot?"

Tatsächlich interessierte ihn die Antwort auf diese Frage mehr, als sie es sollte. Sie musste ja nicht einmal einen roten Pullover unter ihrem schwarzen Wintermantel tragen. So hübsche rote Unterwäsche, die sich von ihrer weichen Haut abhob …

„Um mich vor dir auszuziehen, bin ich eindeutig noch zu nüchtern", schnaubte sie und schenkte ihm ein zuckersüßes Lächeln.

CJ lachte leise, schob seine Hand in die Manteltasche und zog eine Thermoskanne daraus hervor. Dieses falsche Lächeln würde er schon noch durch ein echtes ersetzen. „Das kann man ändern. Da ich selbst nicht der größte Glühweinfan bin … Kakao mit Amaretto gefällig?"

Die Postfee runzelte die Stirn, so als habe sie noch nicht ganz entschieden, ob er möglicherweise versuchen wollte, sie zu vergiften, doch dann zog sie ihm die Kanne entschlossen aus der Hand. „Sehr vorausschauend, das macht das Ganze doch gleich erträglicher."

Er beobachtete sie dabei, wie sie sich einen großzügigen Schluck eingoss und an dem Getränk nippte.

Es dauerte keine zwei Sekunden, bevor sie anfing zu husten und ihm mit geröteten Wangen die Kanne zurückreichte. „Bei aller Liebe, das ist doch eher Amaretto mit Kakao!"

Es war süß, wie sie versuchte, entrüstet zu klingen, sich aber gleichzeitig genüsslich die Lippen leckte. Er hätte schwören können, dass sie gegen einen wohligen Seufzer ankämpfte.

„Ja, ich dachte mir, dass das der Situation nur helfen kann", erklärte er und lächelte. „Wollen wir? Ich habe meine Rentiere heute tatsächlich um die Ecke geparkt. Wir müssen nicht weit laufen."

Sie schnaubte wieder, zog jedoch gehorsam die Tür hinter sich zu und zückte ein Paar Schlüssel. „Schön, bringen wir es hinter uns. Ich muss übrigens um zehn zu Hause sein."

Mann, Mann. Sie war wirklich eine harte Nuss. Gut, dass er die am liebsten mochte.

„Mir gefällt deine Einstellung nicht", stellte er fest. „Um zehn solltest du seufzen und mir dafür danken, dass ich dir die Augen geöffnet habe, sonst gar nichts." Er trat einen Schritt zurück und streckte mit einer einladenden Geste seinen Arm aus. „Nach dir. Bitte einmal nach rechts."

Sie warf ihm einen weiteren misstrauischen Blick zu, bevor sie vor ihm den schmalen Weg entlangging. Die Schneeflocken, die sich in ihre Haare setzten, glitzerten und reflektierten das Licht der Straßenlaternen. Wie ein sanfter Heiligenschein, der ihren Kopf umrahmte. Ihre Stiefel knirschten im frisch gefallenen Schnee, sie bog um die Ecke – und kam ruckartig zum Stehen.

Überrascht folgte CJ ihrem Beispiel. Ihr Mund hatte sich leicht geöffnet und sie starrte ungläubig geradeaus. Er hob ebenfalls den Blick. Doch da war nichts Besonderes zu sehen. Da standen nur sein mit Glöckchen verzierter roter Schlitten und die zwei Rentiere, die er für heute Abend ausgesucht hatte. Die Tiere waren nicht einmal in ihrem guten Zaumzeug. Sie war ja wirklich leicht zu beeindrucken!

„Um Gottes willen", flüsterte sie und hob ihre Hand zum Mund. „Was war in dem Amaretto noch drin außer Kakao?"

Na ja, ein bisschen Zimt ...

„Das sind Dancer und Blitzen", stellte er seine Tiere vor und strich Dancer, der ihm am nächsten stand, beruhigend übers Fell. Er wurde unruhig, wenn er zu lange stillstand. „Die beiden waren mir die letzten Tage etwas zu nervös, da wird ihnen ein kleiner Ausflug guttun." CJ lächelte, während Dancer sanft mit der Schnauze gegen seine Brust stieß und schnaubte. Er kraulte ihm das weiche Fell im Nacken – das hatte er am liebsten – und strich dann auch Blitzen kurz über den Kopf, der schon eifersüchtig zu ihnen hinüberschielte. „Ihr seid solche Diven", flüsterte CJ und lachte leise, bevor er sich wieder an seine Verabredung wandte.

„Jetzt kennst du schon die Namen meiner Rentiere, aber ich immer noch nicht deinen. Also, wie heißt du?"

Zögerlich machte sie ein paar Schritte auf ihn zu. Ihr Blick glitt zwischen seinem Schlitten, den er heute Morgen noch geputzt hatte, und den Rentieren, die er heute Morgen vergeblich versucht hatte zu putzen, hin und her. Er konnte die Postfee schlucken sehen, bevor sie nervös von einem Fuß auf den anderen trat. Auf einmal wirkte sie gar nicht mehr so kratzbürstig, sondern eher sehr ... zerbrechlich.

„Ich heiße Elly. Deinen Namen kenn ich ja schon. Santa, oder?"

Er zog eine Grimasse. „Nenn mich CJ. Niemand nennt mich Santa. Das ist und bleibt mein Vater."

„Ah, CJ." Sie schmunzelte und zog seinen Namen unnötig in die Länge. „Wofür mag das nur stehen? Ist bestimmt ein Doppelname …"

Er kratzte sich unbehaglich im Nacken und hielt ihr dann die Hand hin, um ihr in den Schlitten zu helfen. „Könnte man so sagen."

„Aha", sagte Elly und betrachtete misstrauisch seine Hand.

CJ seufzte. Er hatte gehofft, dass ihre Skepsis von ihrer scheinbaren Neugier übertrumpft worden war, aber offenbar hatte er sich geirrt.

„Ich will dir nur in den Schlitten helfen, nicht alle deine Haare einzeln ausreißen, weißt du?", stellte er klar und wedelte mit seiner Hand rum.

„Mhm", war alles, was Elly machte, doch sie nahm endlich – wenn auch immer noch zögerlich – seine Hand.

Sie hatte also was gegen Weihnachtsmänner *und* Gentlemen?

Langsam ließ sie sich in die Felle gleiten, die er extra für sie auf die Sitzbank gelegt hatte. Er bevorzugte seine Sitze sonst hart und unnachgiebig. Die Folgen wären einfach zu katastrophal, wenn er in gemütliche Schafsfelle gekuschelt während des Fluges einschlief.

„Wow. Kuschlig", murmelte sie und fuhr mit den Fingern durch das weiche Material. „Ich wusste gar nicht, dass es am Nordpol auch Schafe gibt."

„Nun, jetzt nicht mehr." CJ grinste, folgte ihr die schmalen Stufen hinauf und glitt neben sie, bevor er sich nach unten beugte und eine Keksdose unter der Sitzbank hervorkramte.

Er öffnete den Deckel und hielt ihr den randvoll mit Spekulatius gefüllten Behälter unter die Nase. „Keks?"

Elly bekam große Augen und im nächsten Moment hatte sie ihm bereits die Dose aus der Hand geschnappt und sich zwei Kekse in den Mund gestopft. Sie stöhnte leise auf und legte genüsslich den Kopf in den Nacken.

Bilder sprangen in CJs Kopf. Bilder, die so gar nichts mit Keksen zu tun hatten.

Hastig blinzelte er sie weg.

„Okaaay", sagte er langgezogen, als zwei weitere Kekse in Ellys Mund verschwanden und sie die Keksdose noch enger an ihren Körper zog. „Du bist sehr besitzergreifend mit den Keksen. Hat dir das schon mal jemand gesagt?"

Elly steckte sich ungeniert gleich noch einen weiteren Spekulatius in den Mund und zuckte mit den Schultern. „Du zwingst mich, hier deinen Rentier-Schlitten-Fell-Weihnachten-ist-ja-so-toll-Mist zu ertragen, also sind das auch *meine* Kekse", unterrichtete sie ihn. Er lachte kopfschüttelnd und streckte die Hand nach der Dose aus.

Sie schlug seine Finger weg. „Na, na. Ich sagte meine Kekse. Und dir", sie pikste ihm hart mit dem Zeigefinger gegen die Brust, „gebe ich keinen davon ab."

„Wie ich sehe, ist es nicht der Spekulatius, den du an Weihnachten verurteilst", sagte er trocken und rieb sich die schmerzende Stelle.

Elly schwenkte den noch immer erhobenen Zeigefinger hin und her. „Sie sind das Einzige, das ich an Weihnachten *nicht* verurteile."

„Was ist mit Tannenbäumen?", überlegte er laut und reichte ihr eine weitere Decke, natürlich in Rot. „Du kannst unmöglich was gegen unschuldige Pflanzen haben."

„Oh ja, Tannenbäume sind ja soo toll. Hängen wir ein bisschen bunten Kitsch an sterbende Bäume. Ich kann meine Begeisterung kaum zügeln."

Wow.

Kopfschüttelnd sah er ihr dabei zu, wie sie die Keksdose neben sich platzierte, die Decke über ihre Knie legte und sich tiefer ins Fell kuschelte. Er nahm die Zügel in die Hand und betrachtete weiter ihr Profil. Ihr störrisch nach oben gerecktes Kinn. Die zusammengepressten Lippen. Was war nur mit ihr passiert, dass sie Weihnachten nicht einfach nur nicht mochte ... sondern es regelrecht hasste?

„Ganz schön zynisch", murmelte er und schnalzte leise mit der Zunge.

„Mhm", war alles, was Elly dazu zu sagen hatte.

Der Schlitten setzte sich in Bewegung, und Dancer und Blitzen waren so froh, endlich laufen zu dürfen, dass sie die Hauptstraße in Rekordzeit hinter sich brachten.

CJ und Elly saßen schweigend nebeneinander. Einzig das Knirschen des Schnees unter den Schlittenkufen war zu hören. Elly beobachtete die Landschaft, CJ beobachtete Elly.

Es war seltsam. Sie schien sich immer wieder für etwas zu begeistern – eine merkwürdig geformte Schneeflocke, einen besonders schön verzierten Schneemann –, nur um im nächsten Moment die Augenbrauen tief in ihr Gesicht zu ziehen, ihre Unterlippe zwischen den

Zähnen hin- und herzuschieben und eine störrische Miene aufzusetzen. Es war, als würde sie zwanghaft versuchen, keinen Spaß zu haben. Und das war sehr ernüchternd.

Klar, sie waren nicht auf einem Date oder so was – sie waren lediglich einen Deal eingegangen –, aber CJ hätte sich ein wenig mehr Enthusiasmus gewünscht, angesichts der Tatsache, dass er ihr seine Zeit opferte.

Er war CJ! Und er gab sich wirklich Mühe.

Diese zwei Dinge hatten in seinem Leben bis jetzt immer gereicht, um das Herz einer Frau zu erwärmen, und es wurmte ihn, dass es gerade bei *dieser* Frau nicht so einfach klappte, wie er es sich vorgestellt hatte.

Sie ließen die Seen, an denen Himmelpfort lag, hinter sich zurück, und er zog sacht an den Zügeln, damit Dancer und Blitzen ihre Schritte verlangsamten, bevor sie in den Waldweg einbogen, den er mittags noch präpariert hatte.

Und CJs Vorbereitungen verfehlten ihre Wirkung nicht.

„Wow", flüsterte Elly neben ihm, und die Keksdose, die sie soeben noch hatte öffnen wollen, fiel klappernd zu Boden.

Sie wandte ihren Kopf von einer Seite zur anderen, ihren Mund geöffnet, die Augen groß. Sie starrte in Richtung der Lampions, die den dunklen Pfad erhellten und deren Licht in Regenbogenfacetten von den fallenden Schneeflocken reflektiert wurde. Sie bewunderte die Eiszapfen, die an den schweren Tannenzweigen hinabhingen, im Wind sacht aneinanderschlugen und die gläserne Melodie der Weihnacht spielten. Sie betrachtete die funkelnden Schmucksterne, die er aufgehängt hatte und die im Licht der Lampions gelbglänzend aufleuchteten. Als würden sie durch den Himmel fahren.

„Das ... das ist ...“

CJ konnte sie schlucken hören, während er genüsslich den Geruch des Harzes und des frischen Schnees einatmete. Es war, wie nach Hause kommen.

„Weihnachtlich?“, schlug er leise vor.

Elly runzelte kurz die Stirn. „Nein. Schön“, sagte sie nach einer Weile, bevor sie etwas leiser hinzufügte: „Wunderschön.“

CJ lehnte sich weiter nach hinten und schloss für einen kurzen Moment die Augen. „Für mich ist weihnachtlich und wunderschön meistens das Gleiche“, flüsterte er und ließ die Rentiere noch langsamer werden. „Seit ich klein bin, hat Weihnachten einfach eine gewisse ... Magie. Alles ist friedlich und glitzert. Wunderschön eben.“

Er öffnete die Augen und konnte Elly lächeln sehen. Ihre grauen Augen glänzten freudig, während ihr Blick immer noch auf den erhellten Weg gerichtet war – dann fiel das Lächeln in sich zusammen. Ganz langsam. Erst der eine Mundwinkel, dann der andere, bis es durch einen bitteren Zug ersetzt wurde, der in CJ den Drang weckte, seine Hand auszustrecken und ihn ihr aus dem Gesicht zu wischen.

„Das freut mich für dich“, sagte sie knapp, ihre Stimme kaum lauter als die aneinanderschlagenden Eiszapfen.

CJ legte den Kopf schief und fragte sich, was da eben passiert war. Wie hatte ihre Stimmung so abrupt kippen können? Elly wich seinem Blick aus, und es war ihm unmöglich, ihr Gesicht genauer zu lesen. Irgendetwas ... war falsch. Es konnte nicht nur an Weihnachten liegen. Aber was war es dann?

„Wie ist das bei dir“, fragte er zögerlich, als sich die Stille zu zähem Kaugummi gedehnt hatte. „Hast du mit deiner Familie eine weihnachtliche Tradition?“

„Nein.“

Kapitel 13

Ich hab ihn süß genannt!

Die Lichter der Straßenlaternen und unzähliger Lichterketten durchbrachen die drückende Dunkelheit. CJ hatte den Schlitten langsam durch den so wunderschön hergerichteten Wald gelenkt und tatsächlich hatte Elly sich dabei ertappt, wie sie die w–, nein, die romantische Stimmung genossen hatte. Hm. Vielleicht war es doch der eine oder andere Schluck Amaretto zu viel gewesen – wenn sie schon in Versuchung kam, das W Wort auch nur zu denken.

Nun lagen der Wald und die Seen hinter ihnen und sie fuhren durch die schmalen Gassen von Himmelpfort. Noelle hatte das Gefühl, ihr kleines Heimatdorf noch nie so gesehen zu haben. Ja, in der Weihnachtszeit lag diese freudige Stimmung der Erwartung stets wie ein Schleier über dem ganzen Dorf – wobei Elly meistens weder mit der Freude, noch mit der Erwartung etwas anfangen konnte – und es war immer ... hübsch. Aber was CJ da für sie vorbereitet hatte, war viel mehr gewesen. Ganz gleich, wie idiotisch der Kerl sich auch benahm und was für absurdes Zeug er erzählte, er ... hatte sich so viel Mühe gegeben. Und das alles nur für sie.

Langsam liefen die Rentiere an den alten Häusern vorbei. Dancer und Blitzen. Ja, ein Teil von ihr wollte immer noch darüber lachen, dass jemand seine Rentiere wirklich so nannte. Ein anderer Teil wollte darüber den Kopf schütteln, dass sie es einfach hinnahm, dass er sich Rentiere hielt und statt mit dem Auto lieber im Schlitten unterwegs war. Vielleicht sollte sie ihn fragen, wie es denn Rudolph zu Hause ging, darauf hätte er bestimmt auch eine tolle Antwort. Aber im Moment war ihr das alles irgendwie egal.

Sie betrachtete die hell erleuchteten Fenster. In Nummer 14 packte Herr Engel das Geschenk für seine Frau ein – ein neuer Wasserkocher, wie er Elly gestern erzählt hatte, als er das Paket bei ihr in der Post abgeholt hatte. Wie in jedem Jahr verzierte er das Geschenk mit fünf Überraschungseiern. Woher diese Tradition kam, das hatten die beiden noch nie jemandem verraten, aber es war eine Tradition nach Ellys Geschmack. Spannung, Spiel und Schokolade.

In Nummer 15 schmückten Herr und Frau Stock mit ihrer kleinen Tochter den Weihnachtsbaum – in diesem Jahr hatten sie sich für blaue Kugeln entschieden –, und durch das Wohnzimmerfenster von Nummer 16 konnte sie erkennen, wie Frau Bohne, von ganz Himmelpfort dank ihrer wild gelockten Haare bloß liebevoll ‚die Hexe‘ genannt, die Krippenfiguren neu aufstellte, die ihre zwei Hunde wieder einmal umgeworfen hatten. Alles war wie in jedem Jahr. Alles war friedlich. Weihnachtlich.

Die winterliche Stille des Abends wurde nur vom Hufgeklapper der Rentiere unterbrochen. Ach, und natürlich dudelte irgendwo *Stille Nacht, heilige Nacht* vor sich hin. Wie paradox. Da sang jemand von der Stille und durchbrach sie doch damit. Wer dachte sich so etwas eigentlich aus?

„Darf ich dich was fragen?"

Beinahe wäre sie beim Klang seiner Stimme zusammengezuckt. Seitdem er angeboten hatte, sie noch nach Hause zu bringen, hatten sie nicht mehr miteinander gesprochen. Das war auch gar nicht nötig gewesen. Jetzt aber fühlte sie sich plötzlich befangen und griff instinktiv nach einer ihrer dunklen Haarsträhnen, während sie kurz zu ihm sah. Allein dieser Blick reichte aus, um ihr Herz wild zum Schlagen zu bringen. Er sollte nicht wissen, dass es ihr ... gefiel, hier zu sein. Genau hier, auf den weihnachtlichen Straßen, mit ihm. Sie wollte sich ja selbst nicht eingestehen, dass es ihr gefiel.

„Klar", war alles, was sie hervorbrachte. *Reiß dich zusammen, Elly*, ermahnte sie sich selbst. *Ein schöner Abend mit einem Mann, den du kaum kennst, wird die verdammten Weihnachtsfeste der letzten Jahre wohl nicht aufwiegen können!*

„Wenn du dir einen Ort aussuchen könntest – irgendeinen Ort, an dem du Weihnachten verbringen könntest –, welcher wäre das?"

Er hielt den Blick weiter nach vorn gerichtet, als würde er spüren, dass diese Situation ihr Angst machte. Aber das war unmöglich. Er kannte sie nicht. Er wusste nichts ...

„Der Ort spielt keine Rolle", hörte sie sich selbst antworten, bevor sie den Gedanken zu Ende führen konnte. „Auch im schönsten Haus kann das schönste Fest schrecklich sein." Aus dem Augenwinkel sah sie die Weihnachtsdekoration im Garten von Herrn Markt vorüberziehen, die er wieder einmal für seine beiden Enkel aufgestellt hatte. Darüber freuten Tim und Tom sich vermutlich mehr als über das Sparkonto, das ihr Onkel an diesem Morgen für sie eröffnet hatte …

Schnell schluckte Noelle den Kloß in ihrem Hals herunter und wandte sich wieder CJ zu. Ein Themenwechsel musste her. „Du feierst sicher immer am Nordpol, hm? Mit Papa Santa und Mama Santa und den ganzen Weihnachtselfen?"

Perfekte Strategie, Elly, lass ihn weiter sein Weihnachtszeug quatschen!

„Nein, nicht wirklich. Eigentlich …" War da ein leichtes Zucken um seine Mundwinkel? „Wenn ich darüber nachdenke, sollte ich Weihnachten überhaupt nicht mögen. Weihnachten bedeutet nichts als Arbeit, unzufriedene Elfen, die ihre Überstunden leid sind, und mindestens ein großer Zoff zwischen meinen Eltern, weil sie sich nicht einigen können, wie sie den Baum in diesem Jahr schmücken sollen. Abgesehen davon, dass meine Mutter droht, meinen Vater zu verlassen, weil er zu viel arbeitet. Aber trotzdem … wenn Weihnachten vorbei ist, wenn alle Arbeit getan ist, man in Ruhe vorm Kamin sitzt und den Rest Spekulatius isst … dann ist es das schönste Gefühl der Welt."

Noelle konnte nicht anders, als ihn nachdenklich und doch fasziniert anzusehen. Wie von selbst neigte sich ihr Kopf von rechts nach links. Immer wieder, bis er eine Augenbraue hob und sie sich zusammenriss. „Jetzt mal im Ernst, CJ." Oh ja, diese Abkürzung musste man einfach in die Länge ziehen. Sie würde noch rauskriegen, wofür sie stand, ganz sicher. „Was machst du wirklich beruflich? Nicht, dass ich das ganze Elfen-Gerede nicht irgendwie süß finden würde, aber ... du klingst so ernst dabei."

Oh Gott, ich hab ihn süß genannt!

Glücklicherweise ging er darauf gar nicht ein, sondern neigte nur irritiert den Kopf zur Seite. „Ich arbeite als Weihnachtsmann. Das ist mein Beruf. Zurzeit bin ich noch das Mädchen für alles, aber wenn mein Vater endlich in Rente geht, bin ich der offizielle Weihnachtsmann. Und Elfen sind vieles, aber ganz sicher nicht süß!"

Haha, ja, ich meinte die Elfen. Genau.

Schnell griff Elly nach der Thermoskanne, die er locker in der linken Hand gehalten hatte, goss den Deckel voll und nahm zwei gute Schlucke. Das Kribbeln des Amarettos in ihrer Kehle verwandelte sich schnell in eine wohlige Wärme, die sie vergessen ließ, wie absurd dieses Gespräch war. „Na, Gott sei Dank. Ich hatte schon Angst, irgendein verrückter Spinner würde versuchen, an die Briefe der Kinder zu kommen."

Sein leichtes Lächeln war umwer– ... also, für andere Frauen, die auf solche blonden, trainierten, zuvorkomm– ... verdammt, es war ganz nett.

„Ah, verrückt bin ich vielleicht schon, schließlich habe ich mich auf dieses Treffen eingelassen. Aber ein Spinner ..."

Sie nahm kaum wahr, dass er die Zügel anzog und Dancer und Blitzen so zum Stehenbleiben brachte, sie hörte auch seine Worte nur wie aus weiter Ferne. Ihre ganze Aufmerksamkeit galt dem Küchenfenster von Nummer 34, hinter dem sie Frau Schmidt mit ihrem Enkel erkannte. Der Kleine lachte glücklich und seine

Augen funkelten, während er mit den kurzen Fingern im Teig herumknetete. Seine Großmutter streute dabei die Gewürze hinein, bewegte die Lippen, als würde sie singen, und hob zwei dicke Holzplatten über den Kopf des Jungen. Noelle erkannte die Platten genau. Damit formte man nur eine einzige Kekssorte – Spekulatius.

Erst als ihre Fingernägel schmerzhaft in ihre Hand stachen, bemerkte Noelle, dass sie sich fest in das Fell gekrallt – und dass CJ den Arm auf der Lehne hinter ihr ausgestreckt hatte. Sein Blick folgte dem ihren, hinüber in die von weihnachtlicher Freude erfüllte Küche.

Als würde etwas Schweres in der Luft sie zurückdrängen, lehnte sie sich ein Stück nach hinten und wandte den Oberkörper noch etwas weiter den hell erleuchteten Fenstern zu. Ihr Rücken lag beinahe an seiner Brust. Der lang ausgestreckte Arm dicht neben ihrem Gesicht schien sie vom Rest der Welt abzugrenzen, sie sicher zu halten, obwohl er sie nicht berührte. CJs Duft stieg in ihre Nase. Tannennadeln, frisches Heu, ein Hauch Zimt und Amaretto …

Plötzlich schreckte sie hoch, räusperte sich und rückte demonstrativ von ihm ab, so weit es ihr in diesem verflucht engen Schlitten möglich war. Reiß dich zusammen, Elly!

„Ähm … und … ihr, ich meine, deine Elfen backen doch bestimmt auch ganz … ganz viele Kekse. Das macht der Weihnachtsmann ja wohl nicht selbst."

Verdammt, wo sollte sie denn jetzt noch hinschauen? Rechts warteten die glücklichen Familienszenen, links der Weihnachtsmann. Der angebliche Weihnachtsmann, der sich noch näher zu ihr lehnte. Und ihr verräterischer Körper wollte nicht einmal etwas dagegen tun. Ganz im Gegenteil …

„Oh nein, die Kekse backe ich", murmelte er, während sein Atem sanft über ihre Kopfhaut strich und ihr eine Gänsehaut bescherte. „Zumindest die erste Fuhre Spekulatius und Lebkuchen sind Chefsache. Waren es schon immer …"

Ihr Herz setzte einen Schlag aus. Nicht nur dass sein warmer Atem immer näher kam, seine tiefe, sanfte Stimme umhüllte sie und ließ selbst die Wärme des Alkohols unbedeutend erscheinen. Da war dieses Gefühl der Enge in ihrer Brust, dieser Drang, sich zu ihm umzudrehen. „Was wäre Weihnachten ohne Spekulatius?", murmelte sie, nur um irgendetwas zu sagen und dem Drang zu widerstehen. Das war doch … es war … ein unglaublich schönes Gefühl, als er sich noch weiter vorbeugte und seine Wange die ihre streifte, als die feinen Bartstoppeln über ihre Haut strichen und sein Flüstern direkt an ihrem Ohr erklang. Einzig und allein für sie bestimmt.

„Meine Mutter sagt immer, Spekulatius ist das, was die Engel vom Himmel werfen, damit sie auch was zu Weihnachten beitragen können."

Wäre ihr zuvor beinahe ein heiseres Lachen entwischt, erschauerte Noelle nun, als sie den Kopf in seine Richtung drehte. Ihr Herzschlag beschleunigte sich noch einmal, als sie sah, wie nah er ihr wirklich war. Und doch erweckten seine Worte etwas in ihr, das sie sonst an jedem Weihnachtstag begleitete. Die Traurigkeit. Und die Erinnerungen.

„Also, Kekse backen … Kekse backen mit der Familie ist in Ordnung?", fragte CJ leise.

Elly schluckte schwer. „Wenn sogar der Weihnachtsmann selbst an Weihnachten Kekse backt, was … was
könnte damit dann nicht in Ordnung sein?" Wieder sah
sie zu dem Haus, vor dem der Schlitten gehalten hatte.
Die Rentiere scharrten ungeduldig mit den Hufen. „In
jedem Jahr, am Sonntag vor dem ersten Advent, haben
wir gebacken. Alle zusammen. Vor allem Spekulatius …
Und dann noch ein paar andere Sachen, das Übliche.
Zimtsterne, Vanillekipferl, Makronen … Das Wichtigste
waren die Spekulatius." Eine eiskalte Hand umfasste
ihr Herz und vertrieb die Wärme daraus. Sie wandte
sich ab, sah auf ihre Hände. „Nein, das stimmt nicht.
Das Wichtigste … hätte die Familie sein sollen."

Dumpf hallte Noelles eigener Puls in ihren Ohren wi-
der. Sie fühlte, dass CJ zögerte, spürte seinen Blick auf
ihren Schultern ruhen.

„Ist deine Familie um Weihnachten herum auch so
viel beschäftigt?"

An einem anderen Tag hätte sie über diese Frage vielleicht gelacht. Aber hier mit ihm war alles anders. „Das
kann man so sagen. Mit deinen Elfen können sie auf jeden Fall mithalten."

Sein Blick blieb ernst, als er sich zurücklehnte, und
doch huschte wieder das Grinsen über seine Lippen,
das ihr so gut gefiel. Die kleinen Grübchen, die ihr gerade noch so nah gewesen waren, die schon so vertraut
wirkten. „Also verpacken sie auch vierzig Geschenke
pro Stunde?"

„Wohl eher vierzig gute Taten."

„Gute Taten? Sind deine Eltern Engel?"

„Der Ausdruck würde ihnen sicher gefallen", hörte sie
sich murmeln. „Die Engel auf Erden."

Klang da etwas Wehmut in ihrer Stimme mit? Nein. Nein, sicher nicht. Es war nichts als die Wahrheit – und ihre Mutter würde diese Bezeichnung lieben. Vielleicht sollte sie genau das auf die obligatorische Weihnachtskarte schreiben ...

Nicht sentimental werden, Elly. Nicht jetzt. Entschlossen straffte sie sich. „Aber ich sollte mich wirklich nicht beschweren. Sie sind ... gute Menschen. Sehr gute Menschen.“

Ihr Begleiter runzelte die Stirn. „Bist du dir sicher? Du hörst dich nicht so an. Aber vielleicht ist das bei Frauen einfach eine allgemeine Angewohnheit, sich nicht sicher zu sein, damit ...“

Bevor sie noch weiter darüber nachdenken konnte, fand sich ihr Zeigefinger schon auf seiner Brust wieder. „Hey, Santa. Bist du dir sicher, dass du diesen Satz beenden möchtest?“

Fast schon erleichtert gab sie sich dem Stimmungsumschwung hin. Es war doch verrückt, wie viel dieser Mann im roten Mantel, unter dem sich bestimmt wieder so ein enges Shirt verbarg, ihr entlockt hatte. Wie leicht es ihr fiel, vor ihm über all das zu sprechen.

CJ hielt kurz inne und sah auf ihren Finger hinab, dann sprach er ungerührt weiter: „... damit sie nie zur Rechenschaft ihrer Aussagen gezogen werden können.“

Schmunzelnd ließ sie die Hand wieder sinken. „Ich bin nicht sicher, ob ich mir in der Zustimmung dieser These sicher sein soll.“

„Bist du dir sicher?“

Sie stimmte in sein Lachen ein. „Typisch Mann. Einen Schlitten steuern und gleichzeitig zuhören übersteigt wohl deine Kompetenz. Wenn du die Auffassungsgabe von Papa Santa hast, kann ich verstehen, dass deiner Mutter das manchmal zu viel wird."

Grinsend nahm CJ die Zügel auf und schnalzte leise, sodass Dancer und Blitzen sich wieder in Bewegung setzten und die backende Familie hinter ihnen zurückblieb. „Ach, meine Mutter spricht fast nur leere Drohungen aus. Sie hat gewusst, worauf sie sich einlässt. Mein Vater ist nun mal ein Workaholic und ... dick im Geschäft. Nicht zu vergessen: Er hat ein ernsthaftes Kontrollproblem. Ich habe gestern Kameras in meinem Büro entdeckt, mit denen er mich wahrscheinlich ausspioniert."

Ihre Hand blieb kurz über der Keksdose in der Luft schweben. Ob er diese Spekulatius auch selbst gebacken hatte? „Lass mich raten – die Kameras waren zwischen deinen ganzen Trainingsgeräten versteckt, und weil du hundert verschiedene davon benutzt, hast du sie nicht gleich entdeckt. Schließlich willst du ja auch dick im Geschäft sein, aber eben auch nicht *so* dick."

CJ sah fast schon überrascht zu ihr. „Woher weißt du das? Sie hing über meiner Klimmzugstange."

Nickend deutete sie zu seinen dunklen, wirklich weich aussehenden Haaren hinauf. „Daher die Kratzer an der Stirn. Ist mir gleich aufgefallen."

„Ja. Daher und weil Elfen keine Türen bauen können."

Wieder lachte sie, doch dann fiel ihr Blick auf den harten Zug um seine Lippen. „Und ... er überwacht dich? Warum?"

Damit schien sie einen wunden Punkt getroffen zu haben. Seine Haltung versteifte sich, sein Griff um die Zügel wurde fester. „Weil er der Meinung ist, dass ich nicht dazu in der Lage bin, seinen Job zu erledigen. Dabei bin ich so verdammt kompetent, dass der Osterhase vor Neid erblasst und Christy um ihr Business fürchtet!" Seine Stimme wurde nicht lauter, aber schneidender. „Ich bin so verdammt fleißig, dass ich nur vier Stunden in der Nacht schlafe. So viel beschissene Mühe habe ich mir seit dem Kindergarten nicht mehr gegeben, als wir ein Lebkuchenhaus bauen sollten. Und mein Lebkuchenhaus war der Wahnsinn! Es hatte sogar einen voll funktionstüchtigen Fahrstuhl und eine Lichterkette aus Zuckerperlen, die tatsächlich leuchtete."

Kurz hatte sie ein schlechtes Gewissen. Sie hatte ihn wirklich nicht so aufbringen wollten. Andererseits war es ... interessant, diese andere Seite an ihm zu sehen. Die ehrgeizige, verletzliche Seite. „Also an Leidenschaft und Begeisterung für deinen Job mangelt es dir sicher nicht, CJ. Und ja, da bin ich mir wirklich sicher", sagte sie leise und strich sanft über seine Hand – bevor ihr auffiel, was sie da tat, und sie sie schnell wieder wegzog. „Du ... wirkst nicht wie jemand, der halbe Sachen macht", fügte sie dennoch hinzu und schenkte ihm ein ehrliches Lächeln. „Du legst einfach auf alles noch ein paar Zuckerperlen drauf. Und genau das wird dein Vater auch noch sehen. Ich habe zwar keine Ahnung, was du wirklich machst und wofür deine ganzen Metaphern stehen. Aber weder Christy noch der Osterhase könnten es mit deiner Begeisterung aufnehmen."

Warum schlug ihr Herz plötzlich so schnell, als er sie einen Moment lang nachdenklich ansah und die Stirn runzelte? War das zu viel gewesen? Hatte sie ...

„Ich bin ziemlich begeistert, oder?"

Hoffentlich wirkte ihr Nicken so ernst, wie es gemeint war. „Sehr."

Das schien ihn zufrieden zu stimmen. „Danke. Und ich bin der Weihnachtsmann. Das sagte ich doch bereits." Er beugte sich ein Stück zu ihr und deutete an ihr vorbei. „Wir sind übrigens da."

Ihr leises Seufzen wurde von seinen letzten Worten übertönt. „Natürlich bist du das." Vielleicht sollte er mal einen Psychologen aufsuchen. Es gab doch bestimmt einen Namen dafür, dass jemand sich für den Weihnachtsmann hielt. Weihnachtsmannphobie? Nein, eine Phobie hatte immer etwas mit Angst zu tun …

Er sprang als Erster aus dem Schlitten und hielt ihr die Tür auf, streckte ihr sogar wieder eine Hand entgegen. Sie griff danach und musste sich ganz darauf konzentrieren, auf den schmalen, schneebedeckten Stufen nicht auszurutschen. Erst, als sie den zentimeterhohen Schnee unter ihren Stiefeln knirschen hörte, wurde sie sich wieder seiner Nähe bewusst. Sie musste den Kopf leicht in den Nacken legen, um ihm in die Augen sehen zu können. Im schummrigen Licht der Straßenlaternen konnte sie deren Farbe kaum erkennen, doch die Erinnerungen an die Blicke, die er ihr gestern in der Post zugeworfen hatte, waren plötzlich allgegenwärtig. An das tiefe, schimmernde Braun, das sie gefangen nahm und in seinen Bann zog.

„Danke … fürs Nachhausebringen." Sie hatte die Stimme gesenkt, und doch schien sie viel zu laut für diese Nacht.

„Gerne", erwiderte er ebenso leise, ohne den Blickkontakt zu unterbrechen.

Dann legte sich Stille über sie. Ein eisiger Windhauch wehte Elly eine erste Schneeflocke auf die Wange, die zweite verfing sich in CJs Haaren. Dann folgten weitere, schmolzen auf ihrer Haut und legten sich auf den dicken Stoff ihrer Mäntel. Doch es kümmerte sie nicht. Sie standen einfach nur da und sahen sich an …

Bis CJ sich leise räusperte. War es die Kälte, die seine Wangen rot färbte, oder etwas ganz anderes? „Ähm … okay. Dann treffen wir uns morgen um dieselbe Zeit?"

Mit plötzlicher Heftigkeit wurde ihr bewusst, dass sie noch immer seine Hand hielt und ihn gerade eine gefühlte Ewigkeit lang angestarrt hatte. Sofort zog sie die Hand zurück, lenkte ihren Blick zu Boden und sammelte sich. „Ja. Klar. Deine … zweite Chance."

Einzelne Flocken rieselten von seinem Mantel hinunter, als er entschlossen nickte. „Ich habe vor, sie zu nutzen."

Ellys Mund öffnete sich, sie suchte nach einer Antwort – dann schüttelte sie schwer schluckend den Kopf. „Nein, dazu sage ich jetzt einfach mal nichts."

Ohne ihn noch einmal anzusehen, ging sie an ihm vorbei zur Haustür und suchte in ihrer Hosentasche nach dem Schlüssel, während sie hörte, wie er durch den Schnee zurück zu seinen Rentieren stapfte. Kurz darauf schlug die Tür des Schlittens zu und das schleifende Geräusch der sich entfernenden Kufen drang zu ihr herüber. Dann donnerten die Hufe der Rentiere auf das Kopfsteinpflaster der Straße und trugen ihre Besitzer mit sich fort. Als das Schloss leise klackte und die Tür nach innen aufschwang, konnte sie sich dann doch nicht länger beherrschen und drehte sich noch einmal um – nur um überrascht die Stirn zu runzeln.

Der Schlitten war weg. Also, nicht am anderen Ende der Straße oder um eine Kurve verschwunden, denn Kurven gab es hier auf der Poststraße nicht. Er war einfach weg!

Wie von selbst hob sie den Blick. Der Himmel war dunkel, nur von einzelnen Sternen erleuchtet. Konnte es sein, dass …

Oh Gott, Elly, ist das dein Ernst?

Mit einem schnellen Schritt war sie im warmen Haus, schlug die Tür hinter sich zu und lehnte sich dagegen. „Reiß dich zusammen, Elly. Wenn CJ wirklich der Weihnachtsmann ist, macht Amor bald Urlaub auf Bali.“

Kapitel 14

Dir nehm ich die Beichte später ab

Eine Stunde später war Elly zu dem Schluss gekommen, dass sie selbst diesen Urlaub viel nötiger hatte als ein kleiner dicker Junge mit Pfeil und Bogen. Vielleicht sollte sie ihre jährliche Nach-Weihnachts-Urlaubs-Woche vorziehen und sich krankmelden. Ob Herr Jansen ihr das abkaufen würde? Vermutlich nicht. Ihr Chef hatte zwar auch viele gute Eigenschaften – da war sie sich sicher, auch wenn sie selbst bisher kaum eine davon erlebt hatte –, aber Nachsicht gehörte garantiert nicht dazu. Wie würde sich das auch anhören? Chef, da ist so ein Kerl, der behauptet, der Weihnachtsmann zu sein. Das stresst mich und macht mich emotional fertig. Bin dann mal 'ne Woche weg. Hm, an der Formulierung würde sie wohl noch etwas feilen müssen ...

Stöhnend stand sie vom Sofa auf und ging in die Küche, über die ganze Grübelei war ihr Tee schon wieder kalt geworden. Ein Blick auf die weihnachtlich rot blinkende Anzeige des Herdes zeigte ihr, dass es gerade mal kurz nach halb elf war. Warum hatte sie noch gleich behauptet, um zehn zu Hause sein zu müssen? Ach ja, um von vornherein die Fronten zu klären und sich ihm überlegen zu fühlen. Das hatte ja super funktioniert.

In Gedanken noch ganz bei der Schlittenfahrt setzte Noelle neues Wasser auf und friemelte einen Teebeutel aus der Verpackung. All die Lampions und Sterne auf dem dunklen Waldweg, der Amaretto mit einem Schuss Kakao, die Kekse und die Felle ... es war so schön gewesen, dass sie beinahe vergessen hatte, dass es dabei bloß um eine Abmachung ging.

Wie von selbst wanderte ihr Blick in den Flur hinaus und bis zu ihrer Schlafzimmertür. Dort hatte sie tatsächlich gerade für morgen und übermorgen ein kleines C in ihren Kalender geschrieben. Und dort lagerten die Briefe. Der eigens dafür angeschaffte Schrank war schon beinahe voll, aber lang war es ja auch nicht mehr hin bis zum schönsten aller Feste. Haha.

Einen Großteil hatte sie schon sortiert und die Namen in ihren Computer eingetragen, damit das Antworten systematischer und schneller ablaufen würde. Mit jedem Jahr hatte sie ihr System verfeinert ...

Das Brodeln des Wasserkochers ließ sie aufschrecken. Gott, wo war sie nur mit ihren Gedanken! Jetzt reichte es aber mal langsam. Mit zusammengepressten Lippen goss sie das Wasser in ihre Lieblingstasse mit den kleinen Osterhasen darauf. Was dachte der Kerl sich eigentlich? Spazierte einfach in ihre Post, gab sich als der amtierende Weihnachtsmann aus und brachte alles durcheinander. Sie kannte ihn ja kaum. Aber er war mit Sicherheit nicht der Weihnachtsmann. Schlitten und Rentiere hin oder her, sein Bauch sah die Streckbank eindeutig öfter als sein Magen eine Portion Kekse – und der Bart war auch viel zu kurz. Viel zu schön ... und so ... strubbelig. *Elly! Stop!* Okay, das war genug. Sie musste mit irgendjemandem über dieses Da– … Treffen! Über dieses Treffen reden. Jetzt. Sofort.

Ehe sie länger darüber nachdenken konnte, griff sie nach ihrem Handy und tippte die Kurzwahl ein. Es tutete dreimal normal, dann änderte sich der Ton. Ach ja. Auslandsverbindung. Machten neue Handys das überhaupt noch? Sie war schon immer ein Nokia-Freund gewesen.

„Hallo? Hallo, wer ist da?“

Oh Gott. Das ging ja gut los. „Romi?“ Mit einem Mal war Elly froh, dass dies schon ihre dritte Tasse Kamillentee an diesem Abend war. Das würde den Halsschmerzen vorbeugen, die sie bei diesem Geschrei zwangsläufig bekommen würde. „Romi, verstehst du mich? Warum ist es so laut bei dir?“

„Elly? Elly-Belly, Maus! Ah, verdammt, Moment, ähm … Hier der voll volle Beichtstuhl von Sankt Himmelpfort, sprich deine Sünden und der Herr … Jan, dir nehm ich die Beichte später ab. Hey, lass mich los … Nein, nicht loslassen!“

„Romi?“, wiederholte Noelle zögernd und hielt das Telefon noch ein Stück weiter von ihrem Ohr weg. Wie spät war es eigentlich auf Bali? Sicher fünf oder sechs Stunden später als hier. Aber vier Uhr morgens wäre für Romi noch lange kein Rekord, da hatte Elly schon deutlich längere Nächte mit ihr durchgetanzt …

„Ja! Sorry, Elly-Belly, hier ist es voll laut!“

Ja, das hatte sie auch schon mitbekommen.

„Hast du trotzdem einen Moment? Ich muss wirklich mit dir …“

„Jan, warte, Schatz, das ist nicht mehr mein Bauch!“ Kurzes Rascheln, lautes Gekicher, dann leiser: „Das gibt zwei Ave Maria mehr bei der Beichte. Oh, und *das* erst recht!"

Noelle konnte nicht anders, als den Kopf in die freie Hand zu stützen und leise zu seufzen. Ihre beste Freundin war ja schon öfter mal verknallt gewesen, aber das da schlug dem Fass echt den Boden aus. Als hätte es nicht schon gereicht, dass sie einfach so mit diesem Jan in den Urlaub flog und deshalb ihr gemeinsames unweihnachtliches Weihnachten ins Wasser fallen ließ.

„Romi?", versuchte sie es noch einmal, doch die Bässe übertönten sie selbst in ihren eigenen Ohren. Zumindest Jan schien Romis Vorliebe für Techno-Clubs zu teilen.

„Ja! Boa, Elly, tut mir wirklich leid, aber dieser Typ ist wie von Amor getroffen. Er kriegt einfach nicht genug!"

Was hatten denn alle in letzter Zeit nur mit Amor?

„Ich weiß schon", murmelte Elly. „Perfect Match und so."

„Was sagst du?"

„Nichts, Romi. Melde dich, wenn du wieder da bist, ja?"

„Ja, klar! Aber wolltest du nicht was? Ich kann ... Jan, jetzt lass mich doch ... Ich weiß, dass du noch mehr Tequila willst, aber warte mal kurz. Schatz, hey ..."

„Ist schon in Ordnung, Romi. Nicht so wichtig. Ruf mich einfach an, wenn du wieder gelandet bist."

„Elly? Hast du was gesagt?"

Tief einatmen. Tief ausatmen. Tequila hatte Romi noch nie gut vertragen. „Ich hab dich lieb."

„Ich dich auch!"

Und weg war die Verbindung.

Eine Weile lang starrte Noelle auf das erloschene Display. Sie kannte diese Phase von Romi, sehr gut sogar, und hätte sich gern wie sonst auch für sie gefreut. Doch so viel ihre Freundin ihr auch bedeutete, in diesem Moment überwog ihre Ernüchterung.

Unschlüssig drehte sie das kleine Gerät zwischen den Fingern. Alle anderen, die sie hätte anrufen können, wären um diese Zeit viel zu sehr im Weihnachtsrausch, als dass sie sie stören wollte. Aber vielleicht ...

Fast schon erschrocken über diesen absurden Gedanken legte sie das Handy auf die Theke, umschloss die Teetasse mit beiden Händen und nahm einen so hastigen Schluck, dass sie sich die Zunge verbrannte. Nein. Das war eine blöde Idee. Eine *ganz* blöde Idee.

Oder?

Ach, was soll's. Schlimmer kann der Abend eh nicht mehr werden.

Kurz darauf war der Tee vergessen und sie hatte die Nummer eingetippt. Unsicher schwebte ihr Daumen über dem grünen Hörer, dann drückte sie die Taste.

„Ja?", ertönte es schon nach dem zweiten Klingeln.

„Mama?" Elly hielt den Atem an.

„Noelle! Schätzchen, wie schön, von dir zu hören."

Erleichtert stieß sie die Luft aus. „Ja, wir haben lange nicht mehr telefoniert."

„Seit dem ersten Dezember, wie jedes Jahr. Möchtest du etwas Bestimmtes?"

Und vorbei war es mit der Erleichterung. „Also ... Ich wollte eigentlich nur fragen, ob du kurz Zeit hättest, um ..."

„Ich fürchte nicht, Noelle", unterbrach ihre Mutter sie da schon. „Ich habe hier acht Backbleche voller Spekulatius im Ofen, die gleich fertig sind und dann noch für den Weihnachtsmarkt verpackt werden müssen. In Aachen sammeln wir immer die meisten Spenden, die Kinder sind schon ganz aufgeregt."

Ellys Griff um das Telefon verkrampfte sich. „Natürlich."

„Du solltest deinen Vater sehen, Noelle. Er blüht in jedem Jahr mehr auf."

Sie schloss die Augen und schluckte den dicken Kloß in ihrem Hals herunter. „Das freut mich."

„Gut, mein Schatz, wir sprechen nach den Feiertagen. Kommst du am Sechsundzwanzigsten zu uns? Ich würde einen Braten machen und ..."

„*Lisbeth!*", hörte Elly da die Stimme ihres Vaters. „*Die Kekse!*"

„Ich komme, Gerd! Bis dann, mein Schatz. Fröhliche Weihnachten!"

„Bis dann, Mama", brachte sie noch hervor, doch da hatte ihre Mutter schon aufgelegt.

Sie hatte sich geirrt. Nun war der Abend schlimmer.

Mit leerem Blick starrte Elly auf die leuchtende Anzeige des Herdes. Viertel vor elf. Zehn Minuten waren vergangen. Doch eine davon hatte völlig ausgereicht, um sie all die schönen Erlebnisse, die Gespräche und Gefühle dieses Abends vergessen zu lassen. Und sie daran zu erinnern, warum auch ein Weihnachtsmann sie niemals davon abbringen könnte, dieses Fest zu hassen. Niemals.

Kapitel 15

Rentiermist wird nicht geraucht

Unter wütendem Schnauben, frustriertem Zähneknirschen und aus purer Enttäuschung über CJ erweiterte Merry ihre Klemmbrettaufgaben um siebzehn weitere Punkte. *Seit drei Stunden treibt er sich mit der Posttante rum, er ist so ein ... Idiot.* Sie knurrte und kratzte mit viel zu viel Druck den Kugelschreiber über das Papier, auf dem sie ausdrucksstarke Buchstaben hinterließ, die ihren Gefühlszustand besser widerspiegelten, als es ein Launometer je vermocht hätte.

Route über Asien festlegen und Sicherheits- bzw. Unsicherheitsstufe bestimmter Gebiete abklären, ggf. Ausweichrouten planen und Luftraumüberwachung ausbauen,

notierte die Chefelfe emsig und erinnerte sich an die nervenaufreibenden Nachrichten aus Fernost vom Vormittag. *Nordkorea und seine Raketentests, hoffentlich hören die bald auf mit diesem Schwachsinn,* dachte Merry verdrießlich. Immerhin lebten auch in Russland, Japan, Indien und China Kinder, die an Santa glaubten. Sie lief im Büro des Weihnachtsmanns auf und ab, klopfte mit dem Ende des Kulis gegen ihren

Schneidezahn und bemerkte einen großen huschenden Schatten vor dem Fenster. *Er ist zurück. Na endlich! Er war viel zu lange weg für ein gescheitertes Date. Mist!* Sie verlor sich in Gedanken. *Dabei habe ich mir so viel Mühe mit dem ganzen Schnee auf den Zweigen und Ästen gegeben. Und diese gruselige Atmosphäre in einem stockfinsteren Wald erst, das Ausknipsen dieser Schalter ist Schwerstarbeit gewesen.* Bevor sie nach draußen eilte, um in den Stall zu gelangen, schüttelte sie ihre Gedanken ab und las die eben hinzugefügte Aufgabe auf ihrem Klemmbrett:

CJ zur Schnecke machen.

Der Stift schwebte kurz über dem Kästchen, doch sie lächelte nur verbissen und verließ das Büro durch den Seiteneingang.

Dicke Flocken peitschten ihr ins Gesicht und die roten Locken wirbelten um ihren Kopf, während sie angestrengt durch den wadenhohen Neuschnee pflügte. Sie senkte das Kinn auf die Brust, presste das Klemmbrett gegen den Bauch und stampfte zu den Stallungen. *Ich mache ihn einen Kopf kürzer, wenn er Herzchen in den Augen hat.* Energisch riss Merry das große Tor der Stallungen auf. Der Duft von Stroh, Heu und Rentiermist umhüllte sie, und sie lief die Boxen ab. Prancer kaute genüsslich etwas aus einem großen schwarzen Eimer, gegenüber streckten Comet und Cupid ihre Köpfe in den Gang. Die Zwillinge teilten sich eine Box, da der eine nicht ohne den anderen konnte. Dashers Unterkunft beherbergte nur das Interieur, während sich der wilde Bursche offensichtlich draußen rumtrieb. Rudolph zeigte ihr lediglich seine Kehrseite, und in der nächsten Box glänzte Blitzens Fell im gelblichen Licht der Deckenlampe, seine Muskeln zuckten darunter und er leerte begierig den Wassertrog. Sie schürzte die Lippen, sowohl aus Verärgerung als auch aus Enttäuschung. CJ trat in diesem Moment rückwärts in den Gang und schloss pfeifend Dancers Gatter.

Merry verharrte augenblicklich, spitzte die spitzen Ohren und lauschte auf die bekannte Melodie von *I Just Called to Say I Love You*. Sie schüttelte den Kopf. *Stevie Wonder, im Ernst jetzt? STEVIE WONDER? Verdammt! Amor hat ins Schwarze getroffen. Verdammt und noch einmal verdammt. CJ hat doch gar keine Zeit für diese Gefühlsduselei.* Sie warf ihr Klemmbrett energisch auf einen Strohballen an der Wand und marschierte geradewegs auf den offensichtlich verliebten Volltrottel zu. „Du", knurrte sie.

Der junge Weihnachtsmann hob den Kopf.

Oh, nein. Dieses schwachsinnige Grinsen und dieses Funkeln in den Augen. Er ist verliebt. „Nimm das jetzt bitte nicht persönlich, CJ. Ich meine es ganz professionell."

Er drehte sich vollends um und sah auf sie hinab. „Na, wenn das nicht mal ein vielversprechender Gesprächsan–"

Die Elfe ließ ihm keine Zeit für Erklärungen und boxte stattdessen mit aller Kraft in seinen Bauch. „Es sind noch drei Tage bis Weihnachten. Drei, CJ!"

Er hatte den Hieb nicht kommen sehen und beugte sich aufgrund des Treffers leicht nach vorn, was im Übrigen den Größenunterschied zwischen ihnen merklich wettmachte. Merry reichte ihm ungefähr bis zum

Bauchnabel, doch nun befanden sie sich beinahe auf Augenhöhe. Entgeistert sah er sie an. „Hast du sie noch alle?"

„Ja, hab ich, im Gegensatz zu dir." Aufgebracht stemmte sie die Fäuste in ihre Taille. „Santa hat dir die Verantwortung übertragen. *Du* bist dieses Jahr der Weihnachtsmann! Du wolltest ihm beweisen, dass du würdig bist, sein Vermächtnis anzunehmen, und was tust du?"

CJ öffnete den Mund.

„Ich bin noch nicht fertig! Und denk dran, ich meine das alles *ganz* professionell." Merry atmete tief ein. „Du solltest eigentlich über der Weltkarte brüten und deine Route festlegen. Es gibt so viel zu beachten, wenn du an Weihnachten nicht draufgehen und Millionen Kinder enttäuscht zurücklassen willst, und was tust du stattdessen? Du triffst dich mit einer Frau, vergeudest deine wertvolle Zeit und bürdest mir noch mehr Arbeit auf! Du weißt, ich würde alles tun, damit Santa endlich in seinen mehr als wohlverdienten Ruhestand geht, aber ich kann und will mich nicht darum kümmern, während du dich amüsierst und turtelnd durch das Winterwunderland kutschierst." *Ich bringe Amor eigenhändig um, wenn ich ihn noch mal sehe.*

CJ richtete sich langsam auf und starrte die Elfe in Grund und Boden, während er sich über den Bauch rieb. „Ich vergeude überhaupt nichts! Ich tue verdammt noch mal meinen Job, Merry! Und wenn du aufhören würdest, mich bei jedem verdammten Fehltritt anzumotzen, dann hättest du vielleicht auch mehr Zeit, deine Aufgaben zu erledigen. Du musst dich endlich beruhigen. Ich habe alles im Griff. Die Route steht seit

Wochen fest und das Treffen mit Elly war nicht zum Amüsieren gedacht! Ich will einzig und allein an die Briefe aus Deutschland kommen, und dafür muss ich ihr beweisen, wie toll Weihnachten ist. Woher zum Osterhasen weißt du überhaupt, dass ich mich mit ihr getroffen habe? Und überhaupt: Vielleicht würde es nicht schaden, dich noch einmal daran zu erinnern, wer hier verdammt noch mal dein Boss ist. Das bin nämlich i–"

„Nein, nein, nein, vergiss es! Du musst jetzt wirklich nicht den Chef raushängen lassen. Diese Briefe hättest du ihr ganz einfach abnehmen können, immerhin bist du doppelt so groß und mindestens dreimal so schwer. Hast du mal meine tägliche Checkliste gesehen? Ich schlafe höchstens fünf Stunden und bin sonst nur am Rotieren, und du?"

„Meine Liste ist länger als der Äquator und mein Schlaf kürzer als mein Geduldsfaden", fuhr er sie an. „Also pass auf, was du als nächstes sagst, Merry, denn ich reiß mir verdammt noch mal den Arsch auf und ich muss mich nicht vor dir rechtfertigen. Ich denke, es wäre das Beste, wenn du dich endlich um deinen eigenen Kram kümmern würdest und wieder an die Arbeit gehst."

Merry verschränkte die Arme und hob herausfordernd das Kinn. „Schön, dann ändere ich nun die Einstellung an der Dreiradmaschine. Es wird Zeit für ein paar Mädchenräder in Rosa mit Glitzer und Einhörnern." Bevor er noch etwas erwidern konnte, drehte Merry ihm den Rücken zu, stapfte den Gang zurück, packte sich das Klemmbrett und stieß das Tor auf.

Die Einstellung am Fertigungsband änderte sie mit zwei Klicks, danach hakte sie diese Aufgabe und das

Meckern mit CJ ab. Außerdem setzte sie weitere Häkchen hinter die Aufgaben *Spekulatius nachbestellen, Holzelfen auf Termitenbefall hinweisen, Karton mit Plüschtieraugen suchen und Glühweinfässer umlagern lassen.* Sie wanderte durch die Hallen, die Spätschichtelfen leisteten ihre letzte Stunde ab und die ersten Elfen der Nachtschicht flitzten plaudernd durch die Flure. Merry blätterte auf die nächste Seite ihres Klemmbretts und erweiterte die Aufgaben unter dem dickgedruckten 21. Dezember. *CJ an die Fersen heften, sobald er die Werkstatt verlässt.* Sie schlug das obere Blatt wieder zurück und lief durch das blau beleuchtete Techniklager. Im Gang zu den Unterkünften fiel ihr Blick auf das schwarze Brett. Anfragen zum Schichtentausch reihten sich neben die Suchanzeigen von verlorengegangenen Gegenständen. Ein dekorativer Glasstern funkelte am Rand der Pinnwand und ein Witz klemmte am unteren Rand.

Frage: Welche Nationalität hat der Weihnachtsmann?
Antwort: Nordpole.

Merry schmunzelte, doch ihr Blick huschte zu den Sicherheitsmaßnahmen, die seit dem Nussknackervorfall verschärft worden waren:

1.) *Kein Glühwein in der Arbeitszeit.*
2.) *Mit Batterien wird kein Domino gespielt.*
3.) *Zipfelmützen sind an den Fertigungsbändern nicht gestattet.*

*4.) Die viereckigen Notfallknöpfe mit dem Ausrufe-
zeichen werden ausschließlich von Santa, CJ oder
der Chefelfe betätigt.*
5.) Türen werden nicht mit Schneehaufen blockiert.
6.) Rentiermist wird nicht geraucht.

Der Tag des Nussknackerunfalls. Niemand würde ihn
wohl je vergessen. Traurigkeit erfüllte Merry und ihr
wurde erneut bewusst, wie wichtig eine starke und auf-
merksame Leitfigur an der Spitze des Weihnachtsfestes
war. Verliebtheit verwandelte die Welt in rosa Zucker-
watte, inklusive Zuckerschock und Unachtsamkeit, das
war eine Tatsache und musste unbedingt verhindert
werden, solange sich CJ seinen roten Anzug noch nicht
verdient hatte. Sie wandte sich ab und erreichte nach
wenigen Schritten die Tür ihres Reiches. Während sie
sich die Stiefel von den rot-grün-gestreiften Socken
zog, flog ihr Blick zur Schneekugel auf dem Nachttisch.
Die Putte darin schlief und der Sockel blinkte nicht.
Santa schien seinen Urlaub zu genießen. Die Elfe
schlängelte sich an den Kissen auf dem Boden vorbei
zu ihrem Bett. Dort angekommen setzte sie sich im
Schneidersitz auf die Kante und nahm die Schneekugel
in die Hände. Sie grübelte, ob Santa wohl wissen wollen
würde, was sein Sohn trieb – oder besser gesagt nicht
trieb. Die Chefelfe legte die Kugel auf ihr Kopfkissen
und kramte eine Zuckerstange aus der Schublade hervor. Anstatt diese genüsslich zu lutschen, zerbiss sie sie
energisch und fasste einen Entschluss. *Ich werde es
ihm sagen. Und diesem Wilhelm Tell für gehirnampu-
tierte Liebeszombies werde ich ebenfalls verpfeifen.
Vielleicht kann der Weihnachtsmann ihm ja Einhalt*

gebieten und die Entliebungsmunition einfordern. Oh ja, das mache ich! Mit klebrigen Fingern hob sie die Schneekugel auf und erweckte die Putte mit einem kräftigen Schlag auf das Glas zum Leben. Die weißen Eiskristalle stoben auf und der dicke, geflügelte Knabe flatterte in die Mitte des künstlichen Schneetreibens. „Nachricht für Santa", sagte die Weihnachtselfe, und der Sockel blinkte grün auf. „Ich brauche deinen Rat. Amor, dieser doofe, liebestolle Trottel, hat auf deinen Sohn geschossen – und er hat sein Ziel nicht verfehlt. Ich bin ein bisschen ratlos und überfordert mit dem, was noch alles zu tun ist. Könntest du vielleicht ein Machtwort sprechen? Ich habe nämlich das Gefühl, du genießt deinen Urlaub, und ich denke, dass CJ eigentlich bereit für den Job ist, doch diese Posttante und die Briefe, die sie nicht rausrücken will, entwickeln sich zu einem ernsthaften Problem." Merry seufzte. „Ich hoffe es geht dir gut und du vergisst das Eincremen nicht. Ich brauche nur einen kleinen Rat. Denke ja nicht darüber nach, Bali vorzeitig zu verlassen. Du musst dich entspannen. Tschüss, Santa, und *Kling, Glöckchen, klingelingeling, kling, Glöckchen, kling.*"

Der kleine Engel wiederholte ihre Worte polternd, und als sie noch einmal auf die Kugel drückte, wirbelte die Putte um ihre eigene Achse und sank schläfrig zu Boden. Die Nachricht war versendet, nun gab es kein Zurück mehr.

Kapitel 16

Rentiertipps für Jedermann

Blöde Elfe.

CJ zog sich seinen Schal enger um den Hals und fuhr damit fort, seine Schuhabdrücke in dem frisch gefallenen Schnee zu verewigen. Je fester er trat, desto länger würden sie überleben. Er hatte die halbe Nacht nicht geschlafen und stattdessen seine diesjährige Route immer und immer wieder umgeworfen, weil ihm die Worte der verdammten Racheelfe nicht aus dem Kopf gegangen waren – nur, um am Ende zu seinem Anfangsplan zurückzukehren. Der verdammt noch mal perfekt war!

Er zog sich den braunen Leinensack, in dem er alles transportierte, was er für den heutigen Abend benötigte, höher auf die Schulter. Während Ellys Haus in Sichtweite kam, versuchte er seine negativen Gedanken abzuschütteln, doch es wollte ihm nicht ganz gelingen.

Es gibt so viel zu beachten, wenn du an Weihnachten nicht draufgehen und Millionen Kinder enttäuscht zurücklassen willst; und was tust du stattdessen?

Vielleicht hatten ihn Merrys Worte so wütend gemacht, weil ein Funken Wahrheit in ihnen steckte. Die Liste an zu erledigenden Dingen wurde einfach nicht kürzer. Es gab noch so unglaublich viel zu tun, und eigentlich sollte er sich endlich um die wichtigen Dinge kümmern und ... ja, was zum Osterhasen tat er stattdessen?

Er traf sich mit einer hübschen Frau, um sie davon zu überzeugen, dass Weihnachten wunderbar war. Damit sie ihm die Weihnachtswünsche der deutschen Kinder überließ.

Schnaubend schüttelte er den Kopf über sich selbst. Wem log er eigentlich was vor? Die Briefe waren seine geringste Sorge. Er hatte an die hundert Mal daran gedacht, das heutige Treffen einfach abzusagen, damit er die Zeit für andere, sinnvolle Dinge nutzen konnte – doch er hatte es nicht über sich gebracht. Weil er sie hatte wiedersehen wollen. Weil er längst noch nicht genug über sie herausgefunden hatte. Weil der heutige Abend das Einzige war, was ihn dazu angetrieben hatte, schneller und besser zu arbeiten. Damit ihm mehr Zeit mit ihr blieb.

Abrupt blieb er stehen. Der gefüllte Beutel schlug gegen seinen Rücken, doch er spürte es kaum.

Hatte er allen Ernstes Gefühle für eine Frau entwickelt, die Weihnachten hasste? War er lebensmüde?

„Hey, ein pünktlicher Weihnachtsmann! So gefällt mir das."

Überrascht blickte er auf und sah, wie Elly durch ihren Vorgarten auf ihn zustapfte. Ihm war schleierhaft, wie er sie nicht bereits von seinem Schlitten aus hatte sehen können. Sie trug wieder ihre leuchtend pinke Mütze mit dem dazu passenden pinken Schal, nur die dicken Pelzhandschuhe waren schlicht schwarz.

„Gibt es noch einen zweiten, unpünktlichen Weihnachtsmann?", wollte er wissen und merkte, wie seine schlechte Laune sich angesichts ihres breiten Lächelns in Wohlgefallen auflöste. Worüber hatte er sich gerade noch mal Sorgen gemacht?

„Ich weiß nicht, wie pünktlich Christy so ist", meinte sie schulterzuckend.

Er verzog das Gesicht. „Das kann ich dir auch nicht sagen, wir gehen uns bestmöglich aus dem Weg. Sollen wir?"

Er machte einen Schritt zurück, zog ihr das Gartentor auf und drehte sich zur Seite, um ihr den Vortritt zu lassen, doch sie brauchte eine Weile, bis sie sich in Bewegung setzte. Sie war zu sehr damit beschäftigt, seinen Rücken anzustarren. Hatte er noch Elfenstaub an seinem Mantel hängen, oder was war da so interessant?

Gerade, als er fragen wollte, schüttelte Elly blinzelnd den Kopf und fixierte sein Gesicht anstelle seines Rückens. „Wo geht's denn heute hin?", wollte sie wissen, während sie das Gartentor passierte und er es hinter ihr zuschlagen ließ. „Und wen willst du auf dem Weg noch beschenken?"

Irritiert hob er die Augenbrauen. „Was?"

„Na, der Sack auf deinem Rücken. Ist das nur dein Handtaschen-Ersatz oder sind Koffer am Nordpol einfach schon viel zu sehr Mainstream?"

Seine Mundwinkel zuckten. „Wir glauben nicht an Koffer."

„Stimmt, im meterhohen Schnee haben die auch nur Nachteile. Im Gegensatz zu ... einem Sack."

Er nickte – denn es war die Wahrheit – und bedeutete ihr, geradeaus zu gehen. Der Schnee knirschte unter ihren Schuhen, während sich ihre Schatten den Gehweg hinaufzogen, nur um bei der nächsten Straßenlaterne wieder zusammenzusacken und das Spiel von vorne zu beginnen. Er dirigierte sie die menschenleere Straße entlang, bevor sie nach rechts abbogen, weiter aus der Stadt heraus. Der Himmel war wolkenlos und die ersten Sterne gingen ihrer täglichen Arbeit nach. CJ mochte die weiche Stille, die frisch gefallener Schnee mit sich brachte. Er mochte die Ruhe. Und er mochte, dass Elly ihn anstarrte. Wenn sie nicht aufpasste, würde sie über den nächstbesten Stein stolpern.

Als hätte sie seine Gedanken gelesen, wandte sie in genau diesem Moment den Blick ab und räusperte sich. „Und ... wie war dein Tag so?"

Er überlegte kurz, bevor er meinte: „Anstrengend. Aber ... er wird mit jeder Minute besser."

Röte kroch ihren Hals hinauf und machte es sich in ihrem Kopf gemütlich.

Er musste lächeln. Es war absurd, wie gegensätzlich diese Röte zu ihrer sonstigen Angriffslust schien – so verdammt süß. Er zwang seinen Blick wieder geradeaus – sonst wäre er noch der Idiot, der stolperte – und betrachtete den gefrorenen See, der jetzt in Sichtweite kam.

Ja, er mochte die Stille. Elly offensichtlich nicht.

„Und ... was haben wir heute vor?", wollte sie wissen, als sie die Straße überquerten und CJ auf eine Bank zusteuerte, die am Rand des Sees stand. Er ließ den Sack von seiner Schulter rutschen und wischte mit seinem Ärmel den Schnee von der Sitzfläche.

„Moment", murmelte er. „Gleich."

Die Kordeln ließen sich leicht lösen und fielen in den Schnee, als CJ den braunen Stoff öffnete und einen Arm dort hineinsteckte.

Elly beäugte ihn misstrauisch. So als befürchtete sie, er könne gleich einen Knüppel daraus hervorziehen. Aber davor brauchte sie wirklich keine Angst haben. Ruprecht hatte vor Ewigkeiten ein Burnout erlitten und sich bis heute nicht davon erholt. Da waren zu viele Kinder, die es zu bestrafen galt, und Rupy hatte irgendwann einfach keinen Nerv mehr gehabt, sich jedes einzelne vorzunehmen. CJ konnte ihn irgendwie verstehen.

Seine Finger fanden, was sie suchten, und lächelnd zog er das alte Radio heraus, das sein Vater ihm vor fünfzehn Jahren zu Weihnachten geschenkt hatte. Eines der letzten Exemplare, die heutzutage noch NPR empfingen. Der Nordpolrundfunk war immer unbeliebter geworden, seitdem *Rentiertipps für Jedermann* abgesetzt worden war. Aber CJ hörte die guten alten Weihnachtshits trotzdem noch immer gerne. Er suchte den richtigen Kanal und stellte das Radio auf den äußersten Rand der Bank.

„Wir müssen erst in Stimmung kommen", sagte er verheißungsvoll.

Elly schien immer noch skeptisch. „In Stimmung wofür?"

„Den perfekten Abend."

Sie hob amüsiert eine Augenbraue und wandte ihm den Rücken zu, um auf den See hinauszuschauen. „Du scheinst dir da ja ziemlich sicher zu sein."

„Das bin ich auch", stellte er leise fest. „Ich weiß nämlich, worin das Geheimnis liegt, etwas perfekt werden zu lassen."

„Ach wirklich?"

Sie hatte ihre Arme vor dem Körper verschränkt, während ihr Blick über die glitzernde, glatte Oberfläche vor ihr glitt. Ihre Haare flatterten im Wind, der die mit Schnee überladenen Äste der Tanne neben ihnen zum Rascheln brachte, und CJ konnte nicht anders, als sich leicht über ihre Schulter zu beugen und seine Lippen absichtlich über ihre Schläfe gleiten zu lassen, bevor er flüsterte: „Perfektion liegt nicht in der Vollkommenheit eines Moments, sondern in der Erkenntnis, dass der Mensch unvollkommen ist und alles, was man sich von ihm wünschen kann, ist, sich Mühe zu geben. Und ich habe mir Mühe gegeben."

Er sah, wie sich eine Gänsehaut an den freien Stellen ihres Nackens bildete, bevor sie sich langsam zu ihm umwandte. Sie musste ihren Kopf in den Nacken legen, um ihm in die Augen sehen zu können, aber CJ fühlte sich nicht danach, einen Schritt zurückzumachen, um es ihr zu erleichtern.

Eine einzelne Schneeflocke hatte sich in ihren Wimpern verfangen, während eine andere auf ihrer Wange lag und langsam schmolz. CJ hob die Hand und fuhr mit dem Daumen über die weiche, warme Haut ...

Plötzlich erklang ein Rascheln über ihnen. Elly quietschte auf und sprang vor ihm zurück, als ihnen eine Ladung Schnee von einem tiefhängenden Ast in Kragen und Gesicht fiel.

CJ zuckte zusammen, wischte sich den Schnee aus dem Gesicht und blickte reflexartig nach oben. Es gab nur eine Sache, die schlimmer war als der Osterhase. Und das waren Vögel mit schlechtem Timing.

Kopfschüttelnd blickte er wieder zu Noelle, die sich immer noch den Schnee aus dem Kragen klopfte. CJ machte sich nicht die Mühe. Es war schließlich nur gefrorenes Wasser, und so kalt war das nun wirklich nicht.

„Du hast mir immer noch nicht gesagt, was wir jetzt machen", bemerkte Elly lachend und schüttelte sich mit pinken Wangen die dicken Flocken aus den Haaren.

Er konnte nur schwer ein Seufzen zurückhalten.

Was sie jetzt machen würden?

Nicht das, was er jetzt gerne tun würde.

„Wir machen das hier", erklärte er, bückte sich zu dem Sack hinunter und kramte zwei Paar Schlittschuhe daraus hervor. Das Pinguinmuster wäre nicht seine persönliche Erstwahl gewesen. Außerdem empfand er die goldenen Glöckchen, die den Rand der Schuhe säumten, als unpraktisch und kitschig. Ganz zu schweigen von den riesigen roten Schleifen, die als Schnürsenkel herhielten. Aber seine Mutter hatte die Schuhe designt und als „super-süß" bezeichnet. Und Noelle und seine Mutter waren beide Frauen – daraus hatte CJ seine Schlüsse gezogen.

„Erst Schlittenfahren, jetzt Schlittschuhlaufen?", fragte Elly breit grinsend und fuhr mit ihrem Zeigefinger die Glöckchenreihe entlang, die unter ihrer Berührung anfing zu klingeln. „Das ist ja schon eine süße Idee, aber ... auf diesem See ist das verboten. Wir müssen rüber zum Sidowsee, da darf man ..."

„… von der Menschenmasse erstickt werden? Nein. Wir werden diesen See benutzen." Hier war es viel privater, und wie sollte er Elly bitte von sich … ähm, von Weihnachten überzeugen, wenn zehntausend Leute sie begafften?

„Wir *dürfen* hier aber nicht laufen, wir …"

„Ich bin der Weihnachtsmann. Ich darf alles. "

Sie verdrehte die Augen, schmunzelte aber. „Oh, ja, der Weihnachtsmann bricht bestimmt viel eleganter in einen nicht ganz zugefrorenen See ein als der durchschnittliche Normalsterbliche."

„In der Tat." Er ließ sich auf der Bank nieder und zog sich seine Stiefel von den Füßen, um sie durch seine Schlittschuhe zu ersetzen. „Aber wir werden nicht einbrechen."

Etwas zögerlich setzte Elly sich auf den Platz neben ihm. Unentschlossen griff sie nach den Schuhen, die bei jeder ihrer Berührungen ein komplettes Konzert abgaben. „Und wenn doch? Ziehst du mich dann heldenhaft aus dem Wasser und wärmst mich auf?"

„Denkst du gerade darüber nach, absichtlich einzubrechen?"

Das Pink ihrer Wangen vertiefte sich. „Ähm … nein? Natürlich nicht. Nein. Niemals."

Das war ein Nein zu viel. Er wandte seinen Kopf ab, damit sie sein breites Lächeln nicht sah. „Wir brechen nicht ein. Das Eis ist dick genug. Ich habe heute Morgen selbst nachgesehen."

Elly nickte und überwand sich schließlich doch dazu, ihre Schuhe in den Schnee fallen zu lassen und die Schlittschuhe überzuziehen. Sie band sich sorgfältig die Schuhe zu, bevor sie sich auf seiner Schulter abstützte und in die Senkrechte stemmte. „Und der Weihnachtsmann hat natürlich ein Gespür für so was wie die Dicke des Eises."

Er versuchte sich nicht allzu sehr auf ihre Hand auf seiner Schulter zu konzentrieren, aber die Frage, warum er so dumm gewesen war, nicht oberkörperfrei zum Schlittschuhlaufen zu kommen, drängte sich ihm dennoch auf. „Du scheinst ziemlich besessen von dem Fakt zu sein, dass ich der Weihnachtsmann bin. Ist das ein Problem für dich?"

„Problem?" Elly wiegte den Kopf nachdenklich hin und her. „Ich würde sagen, ich akzeptiere dich einfach mit all deinen Macken." Ihr Blick huschte zum Eis. „Solange du mich wirklich aus dem Wasser ziehst, falls wir einbrechen."

„Wir bleiben am Rand – und ich bin ziemlich stark, wenn ich so bescheiden sein darf. Du hast also wirklich keinen Grund zur Sorge." Die Tatsache, dass er der Weihnachtsmann war, konnte er leider nicht ändern. Aber es war schön, zu wissen, dass sie trotz ihres Weihnachtshasses bereit war, über diese Kleinigkeit hinwegzusehen.

Er erhob sich ebenfalls, und da Elly nun zwangsweise die Hand von seiner Schulter nehmen musste, bot er ihr seine Hände als Ersatz an. Es war sein Glück, dass sie ziemlich wackelig auf den Beinen stand und jeden Halt nahm, den sie kriegen konnte.

Ihre Finger schlossen sich um seine, und diesmal war er es, der eine Gänsehaut bekam.

Langsam machte er ein paar Schritte rückwärts, bis er den Uferrand erreichte. Die Kufen sanken in den weichen Schnee und die darunterliegende schlammige

Erde. Mit einem Schmatzgeräusch zog er sie wieder heraus und wollte, das Gesicht immer noch Elly zugewandt, auf das Eis steigen.

„Gott, CJ, pass auf, dass du dich nicht hinlegst, du weißt doch gar nicht, wo du da hintrittst!"

Er grinste. Süß. „Mach dir mal um mich keine Sorgen. Ich konnte Schlittschuhlaufen, bevor ich angefangen habe zu krabbeln."

„Na wunderbar, dann werde ich mich jetzt ja nur ein bisschen blamieren ..."

CJ stand mittlerweile auf dem Eis. „Warum? Bist du so lang nicht mehr gefahren?"

„Das letzte Mal mit meinen Eltern. Da war ich ... acht?"

CJ betrachtete sie nachdenklich. Ihre Eltern schienen ein wundes Thema zu sein. „Warum haben sie aufgehört, mit dir Schlittschuh zu laufen?"

Er konnte sie schlucken sehen. „Sie haben in der Adventszeit immer andere Dinge zu tun gehabt."

„Was für andere Dinge?"

Seufzend hob Elly die Schultern. „Meine Eltern haben ein Weihnachts-Helfer-Syndrom. Sobald der erste Dezember gekommen ist, sind sie in ganz Deutschland unterwegs, sammeln Spenden für wohltätige Zwecke, helfen Kindern in Großstädten und, und, und. Es gibt inzwischen kaum ein Kinderheim oder Waisenhaus, das sie noch nicht besucht haben. Ich bin währenddessen halt immer zu Hause geblieben. Jedes Jahr." Unruhig verschränkte sie ihre Hände miteinander und wich seinem Blick aus. „Ich kann ihnen nicht wirklich böse sein, nur weil sie anderen Menschen helfen, oder?"

Stumm erwiderte er ihren Blick. „Doch", sagte er dann leise. „Das kannst du. Deine Eltern mögen gute

Menschen sein, aber dennoch kannst du dir wünschen, dass du bei ihnen an erster Stelle stehst."

Elly wandte den Blick ab. „Das wäre selbstsüchtig."

„Manchmal muss ein Mensch egoistisch sein, um sich selbst zu schützen."

Elly antwortete nicht darauf. Stumm betrachtete sie den verschneiten Boden. Bloß das Klingeln der Glöckchen an ihren Schlittschuhen durchbrach die Stille.

Als CJ ihre nachdenkliche und verletzte Miene nicht mehr ertrug, streckte er die Hand aus. „Und jetzt komm endlich aufs Eis, Elly."

Ihr Blick wanderte weiter, starrte auf die Schwelle zwischen Ufer und Eis. Es war eine Stufe von fünf Zentimetern, die es zu überwinden galt, doch CJ hatte das Gefühl, dass Elly sie als sehr viel größer empfand.

Kurzerhand legte er einen Arm um ihre Taille und hob sie hoch.

„*CJ!*", quietschte sie und krallte instinktiv ihre Hand in seine Schulter.

„Ich helfe dir", erklärte er und ließ sich rückwärts übers Eis gleiten, ein paar Meter vom Ufer weg.

„Es heißt Eis*laufen*, nicht Eis*tragen!*"

„Du läufst ja gleich auch", versprach er und hielt an. Seine Kufen schabten übers Eis und das Klingeln der Glöckchen vermengte sich mit der immer noch laufenden Weihnachtsmusik aus dem Radio. *All I Want For Christmas Is You* tönte über den See.

Elly klammerte sich an ihn, und als er seine Arme langsam sinken ließ, um sie aufs Eis zu stellen, glitt jeder einzelne Zentimeter ihres so tragisch verpackten Körpers an ihm hinab. Ihre Haare blieben kurz an seinem Bart hängen und der Geruch nach Orange und

Walnüssen drang ihm in die Nase. Elly roch nach einem Weihnachtsessen.

Er schloss für einen kurzen Moment die Augen. Während ihre eine Hand sich immer noch an seine Schulter klammerte, hatte die andere nach seiner gesucht. Ihre Fingernägel glitten über seine Handinnenfläche, bevor ihre Finger sich warm um seine legten.

Er öffnete die Augen und erblickte Ellys graue Iriden.

Und in diesem Moment gab es sie. Perfektion.

Die Wärme ihrer Hand drang durch den Stoff seines Mantels und die Musik aus dem Radio schien aus weiter Ferne zu ihnen hinüberzuschallen.

„Elly …", flüsterte er. „Ist das dein richtiger Name oder eine Abkürzung?"

Ihr Blick huschte zu seinen Lippen. „Eine Abkürzung", murmelte sie abwesend.

„Für was?"

„Noelle."

Er lächelte. „Wirklich?"

„Hm, hm. Meine Eltern lieben dich." Sie blinzelte. „Ähm … Weihnachten! Sie lieben Weihnachten."

„Ist das so?" Er beugte sich nach vorne. Ihr Gesicht war zu weit weg. Viel zu weit weg.

„Hm, hm. Und wofür steht CJ?"

„Ganz ehrlich?", murmelte er. „Es fällt mir gerade schwer, mich daran zu erinnern."

„Nicht schlimm …"

Er nickte, zog den Arm enger um ihre Mitte, seine Lippen streiften ihre …

WUMM.

Kapitel 17

Eine Niederlage war keine Option

Haha, einfältige Süßigkeitenverkäuferin!, höhnte Amor und presste die warme Papiertüte fester an seine durchtrainierte Brust. Mit langen Schritten pflügte er am Rande des Schilfs durch den tiefen unberührten Schnee. Schweiß beschwerte die feinen hellen Locken, die er zuvor so sorgsam unter die graue Wollmütze gestopft hatte, um weniger ... nun *amorhaft* zu wirken, und die sich nun während des Laufs hervorkringelten und ihm in die Augen fielen.

Bis auf ein paar Vogelfußspuren schien der Ort verlassen, eingehüllt von frostiger Stille. Schwarze Rohrkolben lugten aus verwelktem Schilf, hoben sich dunkel vom Eis des zugefrorenen Sees ab, und Amor hielt sich in ihren Schatten, damit seine Laufschneisen unentdeckt blieben.

Ein Signalton erklang und Amor beschleunigte unwillkürlich sein Tempo. *„Zielpersonen nähern sich. Sichtkontakt in–"*

„Jaja!", zischte er und drückte die Benachrichtigung seiner App weg. Dabei fiel ihm beinahe die kostbare Papiertüte herunter.

Amor warf sich hinter die mannshohe, na gut, zwergenhohe, von Schilf umgebene Schneewehe. *Geschafft!*

Er schälte sich aus den Tragegurten seines Rucksacks, zog ihn auf und beförderte neben seinem Feldstecher eine zusammengerollte, wasserdichte Sitzunterlage und eine Thermoskanne mit Oolong Tee – zur Beruhigung – heraus. Gerade als er menschliche Stimmen vernahm, sank er auf seine Matte und öffnete die mitgebrachte Papiertüte. Der süße warme Dunst von frischem Popcorn stieg Amor in die Nase und ließ ihn wohlig seufzen. Dann stopfte er sich eine Handvoll in den Mund und spähte durch das Fernglas, das er so vor sich auf der Kuppe der Schneewehe platziert hatte, dass es auf die Bank am gegenüberliegenden Seeufer ausgerichtet war. „Und da ist das Traumpaar des Abends", verkündete er kauend und grabschte erneut in die Tüte.

Aus einem uralten Radio schepperte Weihnachtsmusik, während die Frau sich die hässlichsten Schlittschuhe anzog, die Amor je gesehen hatte. Waren das etwa ... Glöckchen?

Inzwischen war CJ bereits aufgestanden und wartete. Wenig beeindruckt, aber aufmerksam beobachtete Amor, wie die beiden unbeholfen die Eisfläche betraten, oder wie CJ Elly vielmehr auf den See trug. Die fand das anscheinend sehr witzig, denn sie kicherte immerzu.

Amor verengte die Augen. Ein gutes Zeichen.

Den gestrigen Tag hatte er damit zugebracht, die Sabotageversuche der lästigen Weihnachtselfe zu verhindern, nur um danach CJs und Ellys Date beizuwohnen, das zwar kein Misserfolg, in Amors Augen aber auch kein Sieg gewesen war.

Er brauchte einen Kuss ... nur um ganz sicher zu sein.

Aber dieses Mal würde er sich nicht in klammer Kleidung fröstelnd von Ast zu Ast hangeln und hinter Mülltonnen verbergen, um Mann und Frau dabei zuzugucken, wie sie einander nicht bekamen. Als seine App angeschlagen hatte, hatte Amor am Süßigkeitenstand auf dem Weihnachtsmarkt gewartet. Er stand nicht in der Schlange – schließlich war er Amor –, aber er wartete. Er wartete darauf, dass die dumme Verkäuferin die Menschen zu Ende bediente und sich abwandte, damit er endlich drankam! Denn was wurde einem Sieg gerechter als Popcorn? Süßes, himmlisches Popcorn, das er seit wenigstens drei Jahren nicht mehr gegessen hatte. Nebenbei besaß es wenige Kalorien ...

Um seinen Triumph voll und ganz auszukosten, fehlte eigentlich nur noch die Verliererin. Genüsslich stellte sich Amor das fassungslose Gesicht der Nervelfe vor, wie ihr Kiefer herunterklappte und sich die Schande dunkel in ihre Augen brannte. Ein kleines Lächeln spielte auf Amors Lippen.

Just in diesem Augenblick vernahm er ein leises und wohlbekanntes Flattergeräusch hinter sich und sofort stellten sich ihm die Nackenhaare auf. *Oh nein!* Er fuhr herum, machte die zum Geräusch passende Gestalt aus und das halbzerkaute Popcorn blieb ihm im Hals stecken. Das hatte er doch nur metaphorisch gemeint! Er wollte sie nicht wirklich hier haben! Tränen stiegen ihm in die Augen und das Blut in seinen Kopf. Er schlug sich dreimal heftig gegen die Brust und hustete, während die Weihnachtselfe nachdenklich den Kopf schief legte.

„Das hört sich nicht gesund an, du scheinst nicht ganz auf der Höhe zu sein, Amor", stichelte sie und flatterte glucksend vor und zurück.

„Witzig, du Gartenzwerg", röchelte er. Zu seinem Ärger schwebte sie gerade weit genug weg, als dass er sie hätte packen können. Amor fletschte die Zähne. Das war nun schon das zweite Mal, dass sie ihn überraschte. *Wie macht sie das?*

„Weihnachtselfe", berichtigte sie ihn. „Und mein Name ist Merry." Dann glitt ihr Blick an Amor vorbei zu dem Pärchen auf dem See und sie presste ihre Lippen zu einem schmalen weißen Strich zusammen.

Amor hob selbstgefällig das Kinn. „Du kommst zu spät, sie ... he, was machst du da?", rief er, als die Elfe eine große Menge Schnee zusammenklaubte und mit ihren winzigen Händen einen Schneeball beträchtlichen Ausmaßes formte.

Fasziniert von dem seltsam anmutenden Schauspiel, das sich Amor bot, war er unfähig, etwas anderes zu unternehmen, als verblüfft den Mund zu öffnen, während Merry zielte, ausholte und warf.

Amor schüttelte verwundert den Kopf, versuchte noch hochzuspringen und die Attacke mit seinem bloßen Körper abzufangen, aber es war zu spät. Er wirbelte herum und konnte eben noch bewundern, wie sich der Schneeball durch die Luft wälzte, sein Ziel fand und Elly glatt von den Kufen fegte. Die riss den hilflosen CJ mit sich aufs Eis.

Bei dem dumpfen Knall setzte Amors Herz einen Takt aus. *Es ist nicht wichtig, ob sie das überleben, sie müssen sich nur verlieben,* versuchte er sich selbst in Gedanken zu beruhigen, trotzdem schmerzte die Stille nach ihrem Sturz grauenvoll in seinen Ohren. Dann erklang leises Kichern, in das sich plötzlich ein tiefes Lachen mischte und schließlich lachten die beiden aus vollem Halse.

„So viel dazu, dass du mich auffängst!", hörte Amor die Frau mit einer Stimme sagen, in der sich Belustigung und Vorwurf mischten. Erleichtert atmete er aus. Ich brauche mehr Oolong Tee.

CJ setzte sich auf und zog Elly neben sich. „Komisch", sagte er und schaute sich um. „Woher kam das bloß?"

Amors Muskeln spannten sich, und in dem Moment, als CJs Blick die Stelle im Schilf streifte, in der Merry und er sich befanden, wurde er von seinen Soldateninstinkten übermannt. In einer fließenden Bewegung fuhr Amor herum und warf die Elfe zu Boden. „Spinnst du? Die entdecken uns noch!", zischte er ihr zu und drückte sie mit seinem Körper in den Schnee, bemüht, sie bloß dort zu fixieren, ohne sie zu zerquetschen.

Eine feine Röte stieg in Merrys Wangen. Sie öffnete den Mund, brachte aber keinen Ton heraus, und plötzlich schubste sie ihn mit erstaunlicher Kraft von sich herunter.

Amor rollte sich ab, kam sofort wieder in eine aufrechte Hockposition und musterte die Elfe.

Die wich seinem Blick aus. „Uff!", machte sie und klopfte sich den Schnee ab. „In dir steckt wohl immer noch ein dicker Junge!"

Amor verzog die Augen zu schmalen Schlitzen. Für gewöhnlich wäre er auf diese Spitze angesprungen, doch sie klang wenig bissig und er verspürte keine Lust, nachzuhaken, warum das so war. Stattdessen wandte er sich wortlos dem Pärchen zu, das immer noch eng beieinandersaß. Augenblicklich normalisierten sich sein Herzschlag und seine Schweißproduktion. „Das ist die perfekte Situation! Noch fünf Zentimeter und –" Amor verstummte. Hinter sich spürte er eine eisige Präsenz, die nichts mit der Witterung zu tun hatte und ihn trotzdem frösteln ließ. Hastig duckte er sich. Gerade rechtzeitig, um dem Schneeball auszuweichen, der über seine Wollmütze hinwegflog.

Amor war unsicher, ob das Geschoss tatsächlich für ihn oder doch für CJ bestimmt gewesen war, den es jetzt mit voller Wucht am Hinterkopf traf und nach vorne schleuderte. Genau gegen Ellys Schädel.

„Au!", riefen die Opfer der hinterhältigen Attacke wie aus einem Mund und rieben sich die Stirn.

Amor sog scharf den Atem ein. *Sie müssen nicht zwangsläufig überleben ...*

Im nächsten Moment lachten sie erneut, und Amor rang sich ein müdes Lächeln ab. „Also, falls mein Schuss doch nicht getroffen hat, dann vertraue ich darauf, dass du die beiden zusammenbringst", sagte er an die Elfe gewandt. „Wie wär's, willst du meine Urlaubsvertretung sein?"

„Dafür habe ich keine Zeit!", erklärte Merry ernst und zückte ein winziges Klemmbrett, das in ihren Händen gigantisch wirkte. Sie tippte mit dem Zeigefinger auf Aufgabe Nummer 179.

„Hm", machte Amor und beugte sich vor. „Aber zwischen *Plüschtierknopfaugen finden* und *Glühweinfässer umlagern* ist noch etwas Platz." Er schmunzelte.

Die Weihnachtselfe ließ die Klemmbrettklammer bedrohlich zuschnappen und Amor zuckte hastig zurück, bevor seine Nase zwischen die Metallbügel geriet.

In der Zwischenzeit half CJ seiner Begleitung wieder auf die Beine, und Amor spähte durch sein Fernglas.

Elly musste sich beim Aufstehen an CJs Arm klammern und rote Farbe stieg in ihren Kopf. So wie eben bei Merry. Amor zog die Stirn kraus. Elly murmelte etwas, aber obwohl die Akustik des Sees großartig zum Bespitzeln war, waren ihre Worte zu leise, als dass Amor sie verstehen konnte. Einzig das Wort *stark* hörte er heraus.

CJ grinste, und ohne weitere Zwischenfälle schafften die beiden eine Runde auf dem See.

Merry schnaubte neben Amor, und ehe er sich's versah, flog sie los. Sofort heftete er sich an die Elfe, die sich im Tiefflug durch das Schilf bewegte.

„Warte!", rief Amor mit gesenkter Stimme, aber natürlich hörte die Elfe nicht, und die dämlichen Rohrkolben erschwerten sein Vorhaben, sie einzuholen. Sie zog eine Spur winziger Glitzersterne nach sich, die in Amors Augen rieselten und sie zum Tränen brachten. *Sie wird uns verraten!* Er hob den Unterarm schützend vor die Stirn, biss die Zähne zusammen und schob sich durch das Dickicht vertrockneter und verflucht scharfer Halme. *Und dann wird mir der Urlaub gestrichen!*

Amor holte auf und erreichte den Rand des Schilfgürtels, der sich eng um den See gezurrt hatte. Er entdeckte Merry bei der Bank, wo die Menschen ihre Sachen liegen gelassen hatten, und ahnte Böses.

„Was macht sie jetzt schon wieder?", knurrte er leise, als sie sich am Radio zu schaffen machte.

Plötzlich erscholl ein lautes Knarzen, welches das Pärchen auf dem See erschrocken abbremsen ließ. Das Geräusch eines Hubschraubers dröhnte aus dem Radio und vernichtete die friedliche, romantische Stimmung des einsamen Sees. Dann setzte eine seltsame Melodie ein, die zwar von Bläsern unterstützt wurde, aber alles andere als weihnachtlich klang. Zumal die verzerrte Männerstimme etwas von Kalifornien trällerte.

„Was zum –", rief Elly und strahlte mit einem Mal übers ganze Gesicht. „Woher wusstest du, dass *California Love* mein absoluter Lieblingssong ist?!", fragte sie CJ.

Der kratzte sich die in Falten gelegte Stirn. „Ähm. Intuition?"

„Ich *liebe* Tupac!", kreischte Elly. „Romi und ich haben all seine Alben gesammelt!"

Amor hörte nicht mehr zu. Er nutzte die Gelegenheit, in der die beiden sich einander zugewandt hatten, um einen beherzten Satz aus dem Schilfdickicht zu machen und sich unter die Bank zu rollen. Merry wollte erschrocken hochfliegen, aber Amor war schneller, packte ihren grünen Stiefel durch die breite Spalte der aus zwei Brettern bestehenden Sitzfläche und zog sie neben sich zu Boden.

Amor schmunzelte. „An deiner Stelle würde ich mich zurückhalten. Du beschleunigst das Ganze nur." Er ließ ihr keine Möglichkeit zu einer schnippischen Antwort, denn das Lied war zu Ende und CJ und Elly näherten sich wieder der Bank. Kurzerhand zerrte Amor die Weihnachtselfe hinter sich her in den Schutz des nächsten Strauchs.

„Hast du Lust auf Kakao?", fragte CJ und drehte die Lautstärke des Radios herunter.

„Mit Amaretto?", hakte Elly nach und er nickte lächelnd.

„Lass mich los!", zischte Merry und entwand Amor ihren Arm, den er immer noch festgehalten hatte. „Weihnachten sollte ihm wichtiger sein als diese Frau!", sagte sie wie zu sich selbst.

Amor betrachtete sie aus den Augenwinkeln. Sie klang gekränkt.

„Wenn ich mir das noch länger angucke, wird mir schlecht", erklärte sie mit einem verächtlichen Blick auf das Pärchen, das inzwischen auf der Bank Platz genommen und sich mit dampfenden Bechern unter einer Decke zusammengekuschelt hatte. Die Elfe machte zwei langsame Schritte rückwärts, dann flog sie plötzlich in Richtung Tannen davon.

Amor fuhr sich mit der Hand über den Mund, ehe er sich wieder auf seine Aufgabe konzentrierte. Ein Kuss.

Elly leerte ihren Becher in einem Zug. „Hast du noch mehr?" Sie hielt CJ auffordernd die Tasse hin.

Der wollte gerade den letzten Schluck nehmen, doch dann zögerte er und bot ihn Elly an. Lächelnd nahm sie seine Tasse entgegen und führte sie an ihren Mund. Ihre Blicke trafen sich und hielten einander kurz fest, dann streckte CJ die Hand aus. „Du hast da was ...", murmelte er und strich mit dem Daumen über ihre Unterlippe. Elly errötete, beugte sich aber gleichzeitig vor. Ihre Gesichter bewegten sich unausweichlich aufeinander zu.

Amor ballte die Faust. Nur noch ein bisschen. Erregung pumpte in sein schwellendes Herz. Jetzt!

Infernalisches Glöckchengebimmel übertönte die sachte Melodie im Radio. CJ blinzelte verstört.

Elly horchte auf. „Was ist das?"

Endlich schien der Mann das Geräusch einordnen zu können und kramte hektisch in seiner Manteltasche. Er zog eine rhythmisch rot-leuchtende Schneekugel hervor und sah verlegen zu Elly. „Entschuldige, da muss ich rangehen. Es könnte wichtig sein."

Elly starrte mit offenem Mund die Schneekugel an. „Du meinst, du bekommst einen Anruf ... *darüber*?" Er nickte ernst, und sie winkte lässig mit den dicken Handschuhen ab. „Natürlich. Geh ran."

CJ drückte auf die Kugel, sofort erlosch das rote Leuchten und die Schneeflocken im Innern stoben auf. Die kleine Putte bewegte sich in eine aufrechte Position und polterte mit lauter Stimme los: „Hallo, CJ. Hier ist Merry! Egal, wo du bist: komm bitte ganz schnell zurück zum Nordpol! Dasher ist verschwunden und ohne ihn kommt der Schlitten nicht dort an, wo er hinsoll – ergo, keine Geschenke für die Kinder! Beeil dich!"

CJ stöhnte leise und legte den Kopf in den Nacken. „Tut mir leid. Ich muss los. Es ist –"

„Wichtig. Ich verstehe", beendete Elly seinen Satz. Enttäuschung zog die Winkel ihres Lächelns herunter. „Also dann ..."

„Ich mache es morgen wieder gut", versprach CJ.

Amor wandte sich ab. *Die Nervelfe gibt nicht auf.* Er ließ das Pärchen bei dessen überhasteter Verabschiedung allein und stahl sich im Schutz der Dämmerung in Richtung Tanne davon.

„Stopp!"

Erschrocken wirbelte Merry herum, als Amor sie im Tannendickicht stellte und die Arme vor der Brust verschränkte.

„Dasher, ja?", fragte er skeptisch.

Die Elfe schob das Kinn vor. „So ist es." Sie streckte die Hand aus und fuchtelte mit dem Zeigefinger vor Amors Nase herum. „Ich muss jetzt los. Mir ist Weihnachten nämlich wichtiger als dieser lächerliche Wettstreit, den du von Anfang an nicht gewinnen konntest." Sie zuckte übertrieben mit den Schultern, und ehe Amor noch etwas erwidern konnte, flatterte sie mit ihren Flügeln und hob vom Boden ab.

Amor sah ihr nach, wie sie in die entgegengesetzte Richtung davonflog, bis der kleine Fleck in der Dämmerung verschwand. Er verlagerte sein Gewicht auf das linke Bein und legte die Stirn in Falten. „Sie lügt", stellte er nüchtern fest. Wenn es wirklich so dringend gewesen wäre, wie sie CJ glauben machen wollte, dann hätte sie ihn sofort angefunkt und nicht zuerst sein Date torpediert. Wegen Weihnachten. Aber warum? Warum nur machten alle so viel Aufhebens um Weihnachten? Am wichtigsten war doch die Liebe. Oder nicht?

Amor sah hinauf in den rosa gefärbten Abendhimmel, an dem bereits die ersten weißglühenden Sterne aufgegangen waren. Es war ein Spiel gewesen, ein Wettstreit, den er sie zwar ohnehin nie hatte gewinnen lassen wollen, doch jetzt ging es um mehr.

Dabei verstand er Merrys Denkweise durchaus, denn er selbst handelte nach demselben Muster. Beide kamen sie gewissenhaft und treu ihren Aufträgen nach – sie wollte ein perfektes Weihnachten für alle Menschen, er wollte ein Perfect Match für alle Menschen – eine Niederlage war keine Option.

Amor atmete geräuschvoll aus. Er wusste, was zu tun

war. Und das machte es so schwer. „Tut mir leid, Püppchen", flüsterte er mit belegter, fast bedauernder Stimme, „aber jetzt bist du zu weit gegangen."

Kapitel 18

Und Christy hasst euch dafür!

Ich verstehe.

Hatte sie das allen Ernstes behauptet? Noch immer konnte Elly darüber nur den Kopf schütteln. Natürlich verstand sie nicht, dass er ausgerechnet in diesem Moment hatte gehen müssen. Hätte dieses seltsame Schneekugel-Telefon-Dings gestern nicht eine Minute später klingeln können? Hätte er sie nicht einfach noch schnell ... küssen können?

Gedankenverloren griff Elly nach dem frisch aufgebrühten Kamillentee und hob den Beutel aus der Tasse. Da war ein sanftes Kribbeln in ihrer Brust, immer wenn sie daran dachte, wie nah CJs Lippen den ihren gewesen waren. Wie einfach es gewesen wäre, die Hände an seine Wangen zu legen und sich auf die Zehenspitzen zu stellen. Wenn sie die Augen schloss, meinte sie seine raue Haut unter ihren Fingerspitzen zu spüren. Sie stellte sich vor, wie es wäre, mit den Fingern durch sein dunkles Haar zu fahren und auszutesten, ob seine Lippen so weich und ...

„Verdammt." Frustriert aufseufzend schloss Noelle beide Hände um die warme Tasse und lehnte sich gegen die Küchentheke. Die roten Ziffern der Ofenanzeige offenbarten ihr hämisch leuchtend, dass sie noch anderthalb Stunden zu überwinden hatte. Neunundachtzig Minuten, in denen sie zumindest versuchen sollte, sich mit den Gedanken an CJ nicht noch verrückter zu machen, als sie ohnehin schon war. Haha. Wenn das überhaupt noch möglich war.

Sie nippte an ihrem Tee und ging langsam ins Wohnzimmer. Der Raum erschien ihr seltsam leer und trostlos, seit sie von der Arbeit nach Hause gekommen war. Für gewöhnlich genoss sie gerade in der anstrengenden Weihnachtszeit die ruhigen Abendstunden. Wenn sie sich den ganzen Tag über mit gestressten oder viel zu weihnachtlich gestimmten Kunden auseinandergesetzt hatte, war ein gemütlicher Abend auf der Couch normalerweise alles, was ihre Laune wieder heben konnte.

Aber heute ... heute war der Arbeitstag gar nicht so schlimm gewesen. Die Gedanken an CJ hatten alles irgendwie erträglich gemacht. Immer wieder hatte sie sein Lächeln vor sich gesehen und seine Stimme zu hören geglaubt. Die Erinnerung daran, wie sein warmer Atem über ihren Nacken strich und er die Arme um sie legte, um sie aufs Eis zu heben und festzuhalten, hatte ihr einen wohligen Schauer nach dem anderen beschert. Sie hatte sich nicht beschwert, als ihr Chef ihr eine neue Weihnachtsmütze mitgebracht hatte, die Weihnachtslieder aus dem Radio hatten ihr nicht den letzten Nerv geraubt und die Vorfreude der Kunden hatte sie ... geteilt. In ihrer Mittagspause hatte sie sich sogar dabei erwischt, wie sie *Last Christmas* mitgepfiffen hatte!

Kopfschüttelnd blieb Elly im Türrahmen stehen und nahm einen weiteren Schluck. Doch nicht einmal der

Kamillentee konnte die in ihr aufwallenden Gefühle besänftigen. Sie konnte es nicht länger leugnen. Sie mochte CJ. Sehr sogar. Obwohl sie ihn kaum kannte. Obwohl er so ein Idiot war! Obwohl er behauptete der Weihnachtsmann zu sein. Und das sogar sehr überzeugend spielte. Die sprechende Schneekugel war ja schon eine Hausnummer gewesen, aber als die Putte darin dann auch noch darum gebeten hatte, er möge bitte sofort zum Nordpol zurückkommen, hätte Elly beinahe laut gelacht. Zumindest, wenn ihr zu dem Zeitpunkt nach Lachen zumute gewesen wäre. Konnte es wirklich sein, dass sie sich verliebt hatte? So ... so richtig?

Eine Stimme in ihrem Kopf – vermutlich Romis – rief ihr prompt die Antwort zu: *Ja, Elly! Du hast dich in einen Typen verliebt, der behauptet, der Weihnachtsmann zu sein. Herzlichen Glückwunsch!*

Ellys Griff um ihre Osterhasentasse verkrampfte sich, dann stürzte sie den Inhalt in einem Zug hinunter und knallte sie auf die im Flur stehende Kommode.

Ein Blick zum Herd – noch siebenundsiebzig Minuten.

Ein Blick zu ihrer Schlafzimmertür.

Entschlossen ging Elly den Flur hinab und stieß die Tür auf. Je schneller sie es hinter sich brachte, desto geringer war die Chance, dass sie sich noch einmal umentschied.

CJ waren diese Briefe wichtig. Und auch wenn sie Weihnachten wohl niemals lieben würde, hatte er ihr etwas von seinem Zauber gezeigt. Er hatte ihr etwas von der Freude zurückgegeben, die sie seit ihrer Kindheit in der Weihnachtszeit nicht mehr empfunden hatte. Und auch wenn es ihr schwerfallen würde, das vor ihm zuzugeben: Dafür war sie ihm mehr als dankbar.

Sie schwärmte nicht von Weihnachten, wie er es vielleicht angestrebt hatte. Aber das musste sie auch nicht. All die schönen Erlebnisse und Gefühle, die er ihr in den letzten Tagen ermöglicht hatte, reichten vollkommen.

Elly ging um das Bett herum, hob die lose Bodendiele an und holte den kleinen rostigen Schlüssel heraus, der dort versteckt lag, seit CJ sie in der Post angesprochen hatte. Nur zur Sicherheit. Er hatte damals sehr entschlossen gewirkt und sie konnte ja nicht ahnen, wie stark seine kriminelle Ader ausgeprägt war. Von Knecht Ruprecht zum Weihnachtsmann war es schließlich nicht weit.

Die Tür des alten Holzschrankes öffnete sich mit einem Knarren. Darin stand nicht nur der Seesack mit den noch unsortierten Briefen, sondern auch acht Umzugskartons, in die Elly schon vor Jahren selbst gebastelte Register eingehängt hatte. Die Karteikästen hatten nicht einmal für die erste Ladung Briefe gereicht.

Seufzend betrachtete sie die Ausbeute dieses Jahres. Heute waren kaum noch neue Briefe hinzugekommen, morgen und übermorgen wäre ihre Anzahl auch überschaubar. Die konnte CJ sich dann ja einfach in der Post abholen.

Schweren Herzens griff sie nach der Kordel des Seesackes und hob ihn aus dem Schrank. Mit einem Ruck zog sie ihn durchs Zimmer, dann in den Flur und direkt vor die Haustür. Das schummrige Licht der Straßenlaternen warf lange Schatten in ihren verschneiten Vorgarten. Kurz sah Elly hinaus. In fünfundsechzig Minuten würde CJ sie zu ihrem dritten Treffen abholen. Das sollte reichen, um auch die Kartons herzuschleppen und sich äußerlich noch etwas herzurichten.

Ein Lächeln stahl sich auf Ellys Lippen. Und als sie die Schnüre losließ, hatte sie das Gefühl, damit noch etwas ganz anderes fallen zu lassen.

Sie war bereit für etwas Neues.

***

„Was soll das heißen, die Maschine druckt Esel anstatt Einhörner?" CJ sprang von seinem Sessel auf und riss dabei den Stapel an Beschwerdebriefen der Elfen vom Tisch, die seit gestern eingetrudelt waren. Irgendwer hatte den Spekulatius versalzen und Essig in die Rumkugeln gefüllt, und als CJ verlangt hatte, zu erfahren, wer dafür verantwortlich gewesen sei, hatte jeder mit dem Finger auf jemand anderen gezeigt. Die Folge dessen war, dass die Elfen sich nun bei ihm darüber beschwerten, dass ein angespanntes, verräterisches, vorwurfsvolles und erzürntes Arbeitsklima herrsche, das es doch bitte mit einer um zwei Stunden verlängerten Mittagspause zu bereinigen galt. Und das zwei Tage vor Weihnachten! Die hatten doch nicht mehr alle Glöckchen an der Mütze!

Die blonde Elfe, die ihm die schlechten Nachrichten übermittelt hatte, zog den Kopf zwischen ihre Schultern. „Die Schablonen müssen ausgetauscht worden sein", fiepte sie ängstlich. „Ich weiß nicht, wie das passieren konnte. Aber vielleicht wollen manche Kinder ja auch hübsche Esel auf ihren Butterbrotdosen haben ..."

„Ach ja?", donnerte CJ und krallte seine Hände in die Tischplatte. „Und vielleicht freuen sich manche Kinder auch mehr über Rosinen als über Schokolade!"

Die blonde Elfe blinzelte verdutzt. „Nun, das glaube ich nicht, Schokolade ist doch –"

„Das war Sarkasmus, Herrgott!", fuhr CJ sie an und fegte um den Schreibtisch herum. Dass er dabei gleich auf ein paar der Beschwerdebriefe trampelte, war durchaus befriedigend. „Kinder sind im Moment verrückt nach Einhörnern! Alle faseln sie von diesen Fabeltieren. Ich habe keine Ahnung, wer diesen Hype losgetreten hat, und wenn ich es je erfahre, erhält der Schuldige einen saftigen Beschwerdebrief und einen Kinnhaken von mir, aber das ändert nichts daran, dass jedes Kind sich ein beschissenes Leuchtpferd mit Horn auf seiner Butterbrotdose wünscht und keinen grauen Esel!"

„Nun ... jetzt wurden davon aber schon vierzigtausend gedruckt, und –"

„Dann trommele Elfen zusammen, die Esel in Einhörner ummalen!", unterbrach er sie unwirsch. „Überklebt sie mit dieser blöden weißhaarigen Tante aus diesem Disney-Schnee-Film, nach dem immer noch alle verrückt sind, obwohl er schon vor vier Jahren veröffentlicht wurde. Macht irgendetwas. Hauptsache keine Esel!"

Meine Güte, das war einfach unmöglich! Seit gestern Abend ging alles schief. Es hatte ihn zwei Stunden gekostet, den sonst so flugfaulen Dasher einzufangen. Es überstieg CJs Horizont, was das Rentier so erschreckt haben konnte. Es war, als hätte ihm jemand mit einer Trompete ins Ohr gepustet, nur um ihm gleich darauf eine Plastikschlange vor die Hufe zu werfen. Und gerade, als er das Tier wieder sicher in den Stall gebracht hatte, war die Rumkugel-Katastrophe über ihn hereingebrochen. Seitdem folgte ein Problem auf das nächste, und CJ hatte keine ruhige Minute gehabt, um auch nur einen einzigen Klimmzug zu machen! Und das machte ihn wirklich unausgelastet!

Fahrig blickte er auf seine Uhr und atmete tief ein und aus. Es war bereits sechs. In einer Stunde wollte er sich mit Elly treffen und ... verdammt, er wollte sie sehen!

Das würde schon klappen, das würde funktionieren – wenn er sich jetzt sofort um die Maschine kümmerte.

„Das ist leider nicht die einzige Maschine, die ein Problem hat", flüsterte eine kaum hörbare Stimme.

Erneut fixierte CJ die blonde Elfe, die genauso gut eine Teppichfluse hätte sein können, so klein hatte sie sich gemacht. „Was soll das heißen?!", wollte er wissen, und es konnte sein, dass er ein bisschen schrie.

„Die Maschine für das Holzspielzeug ... sie funktioniert überhaupt nicht mehr."

„Überhaupt nicht? Hat jemand versucht, sie aus- und anzuschalten?"

„Es ist uns Arbeitselfen seit dem Nussknackervorfall nicht mehr gestattet, elektrisch betriebene Maschinen zu –"

„Meine Güte", unterbrach er sie wütend und riss einen Haufen Misteln vom Türrahmen, als er durch ihn hindurchpreschte. „Dann mach ich es eben selbst!"

Heute war wirklich der verdammte Wurm drin! CJ konnte nur hoffen, dass es sich dabei um einen metaphorischen handelte, denn wenn die Maschinen von

Holzwürmern befallen waren ... dann konnten die Kinder Weihnachten dieses Jahr vergessen.

Zwei Minuten später hatte er den Stecker der Holzspielzeugmaschine gezogen und stöpselte sie wieder ein.

Die kleinen Rädchen fingen an zu brummen, die Stanzen an zu stampfen – bevor die Maschine wie ein Stein im Wasser absoff.

Verdammt.

„Hol eine Technikelfe", wies er die blonde Angstelfe bemüht ruhig an. Er warf einen weiteren Blick auf seine Uhr, bevor er schrie: „Merry! Merry, wo bist du? Ich brauche dich."

„Chef?" Ein roter Haarschopf brannte sich den Weg durch die Masse der wuselnden Elfen, die alle zeterten und jammerten und beteuerten, wie sehr sie Einhörner verabscheuten, und dass Esel doch auch eine Chance verdient hätten. CJ blendete sie aus. Er hatte keine Zeit, den Esel-Gleichstellungsbeauftragten zu mimen.

„Merry, du musst mir einen Gefallen tun. Du musst ein wichtiges Treffen für mich absagen." Es hatte keinen Sinn. Er hatte heute keine Zeit dafür, Elly endlich den Kuss zu geben, den sie gestern verdient gehabt hätte. Er würde ihn auf morgen verschieben müssen.

„Ein wichtiges ... Arbeitstreffen?", fragte die Oberelfe scheinheilig.

Düster starrte CJ sie nieder. „Ein für mich sehr wichtiges Treffen, mehr musst du nicht wissen."

Er kramte in seiner Hosentasche nach einem Zettel, schüttelte den Glitzerstaub von dem Papier, der den Stickstoffmolekülen der Luft zahlenmäßig überlegen schien, und zog einen Stift aus seiner Hemdtasche. In knappen Sätzen entschuldigte er sich bei Elly dafür, dass er das Treffen auf den nächsten Tag würde verschieben müssen, erklärte ihr, dass es sich um einen Arbeitsnotfall handelte und er sich darauf freue, sie am nächsten Tag wiederzusehen.

Er hätte sie nach ihrer Telefonnummer fragen sollen, aber dafür war es jetzt leider zu spät. Und eine handschriftlich verfasste Nachricht war besser als eine miesepetrige Elfe, die ihr seine Worte ausrichtete.

Er faltete den Zettel zusammen und notierte noch Noelles Adresse auf der Vorderseite, bevor er ihn an Merry weiterreichte.

„Hier. Kannst du den zu seiner Empfängerin bringen und sichergehen, dass sie ihn liest?"

Merry schürzte die Lippen, blickte zu CJ, zum Zettel und zurück, bevor sie ihren Kopf von der einen zur anderen Seite wiegte und schließlich pikiert seufzend nickte. „Schön. Auch wenn das absolut nicht in meinen Aufgabenbereich fällt."

„Ich weiß. Aber du bist die Elfe, der ich am meisten vertraue, also ... danke."

Merry griff langsam nach dem Zettel und verengte die Augen, bevor sie abschätzig sagte: „Schön. Wann soll ich den Zettel denn –"

„Jetzt."

Wieder gab die Oberelfe einen tiefen Seufzer von sich, bevor sie sich von ihm abwandte und in der Menge verschwand.

CJ stieß zischend die Luft aus und besah sich das Chaos vor ihm. Geschenkpapierfetzen pflasterten den Boden der Werkstatt. Keksbrösel verschmutzten die Rücken der schweren Maschinen. Glitzerstaub vernebelte seine Sicht. Er schloss die Augen und sammelte sich.

Ein Problem nach dem anderen. Er war CJ. Er war für diesen Job geboren.

„Hört mal alle her!", rief er über das immer noch anhaltende Gezeter der Elfen hinweg und wartete, bis sie ihm ihre Aufmerksamkeit schenkten. „Ich weiß, wir sind alle angespannt, deswegen werde ich die Sache mit den Rumkugeln und dem Spekulatius nicht weiter verfolgen. Es ist egal, wer es war. Wir sind ein Team, wir sind alle überarbeitet, Fehler passieren. Niemand trägt die Schuld, okay? Ihr seid die verdammt besten und wichtigsten Arbeiter dieser Erde. Ihr seid fleißig, ihr seid präzise, ihr seid kreativ – und Christy hasst euch dafür!" *Schaffe einen gemeinsamen Feind, den sie zusammen bekämpfen können.* „Haltet euch an diesem Gedanken fest und legt euch ins Zeug. Die ersten zwei Runden Glühwein gehen, sobald die Arbeit getan ist, auf mich! Ihr seid spitze, ohne euch würde Weihnachten nicht existieren – und: Ich sehe in eurer Zukunft eine Gehaltserhöhung!" *In einer weit entfernten Zukunft.* „Also: Schaffen wir das?"

Spontaner Jubel brach aus, und der Glitzerstaub wirbelte gleich noch ein wenig enthusiastischer durch die Luft.

CJ lächelte matt und nickte. Man musste nur wissen, wie die Elfen richtig anzupacken waren. „Danke!"

Zufrieden beobachtete er die Elfen dabei, wie sie mit neuem Elan an die Arbeit gingen, und als die herannahende Technikelfe ihm versicherte, dass sie die Holzspielzeugapparatur im Nu repariert haben würde, hätte er fast behauptet, dass sich seine Laune hob –

dieser Umstand änderte sich jedoch sofort, als die Schneekugel in seiner Tasche zu bimmeln anfing.

Klasse. Was war denn jetzt noch?

Mit grimmiger Miene eilte er die Treppe hinauf zu seinem Büro, bevor er die Putte in der Kugel dazu aufforderte, zu reden.

Eine erzürnte Stimme dröhnte durch den Mund der auf einmal gar nicht mehr freundlich aussehenden Engelsfigur.

„CJ, hier spricht dein Vater! Was zum Osterhasen geht bei euch vor sich?", brüllte Santa. „Was muss ich da mitansehen?! Die Werkstatt pfeift aus dem letzten Loch, es sind noch längst nicht alle Geschenke produziert, geschweige denn verpackt, und du vertreibst dir derweil mit einem Menschenmädchen deine Zeit?"

Es kostete CJ seine gesamte Willenskraft, nicht auszurasten. Was fiel seinem Vater eigentlich ein? Mit zusammengepressten Lippen schritt er zum Schreibtisch und zog sein Handy aus der Schublade. Das Puttofon war schön und gut, aber manchmal musste menschliche Technik herhalten. Er wählte Santas Nummer, und nicht ganz unerwartet hob sein Vater nach dem ersten Klingeln ab.

„CJ!", donnerte er sofort. „Sag mir, dass Weihnachten dieses Jahr nicht ins Wasser fällt! Seit über fünfhundert Jahren läuft alles reibungslos, aber sobald du dich daran versuchst –"

„Jetzt halt mal die Luft an, Vater", zischte er und hatte ernsthafte Probleme dabei, seine Stimme auf einer annehmbaren Lautstärke zu halten. „Ich habe alles im Griff, ich ..." CJ hielt inne. Moment. Was hatte er in der Nachricht des Puttofons gesagt? Augenblicklich verengte er seine Augen. „Was soll das heißen, was musst du da *mitansehen?*"

Sein Vater ignorierte ihn vollkommen. „Nichts hast du im Griff! Weißt du was? Ich komme nach Hause. Ich packe meine Säcke und komme sofort –"

„Wusste ich's doch, dass du das mit den Kameras warst!", fuhr CJ ihn zornig an. „Du hast mich die ganze Zeit ausspioniert!"

„Natürlich war ich das mit den Kameras!", blaffte sein Vater. CJ konnte sein puterrotes Gesicht praktisch vor sich sehen. „Und das doch offenbar zu Recht! Ich dachte wirklich, du wärst bereit für die Verantwortung, die der Job mit sich bringt, aber damit lag ich offensichtlich falsch. Du bist vollkommen überfordert und konzentrierst dich nicht auf die wichtigen Sachen! Es scheint mir fast, als wäre dir die Bedeutung von Weihnachten nicht klar."

„Ich bin es, dem die Bedeutung von Weihnachten nicht klar ist?!" CJ platzte endgültig der Kragen. „Vater, ich glaube, du bist es, der vergessen hat, was beim Fest der Liebe das Wichtigste ist! Wann warst du das letzte Mal unter den Menschen? Wann hast du das letzte Mal eine Familie dabei beobachtet, wie sie gemeinsam backt? Wann hast du das letzte Mal mehr gemacht, als einfach nur Geschenke zu verteilen und Kekse zu essen? Wann hat dich Weihnachten das letzte Mal richtig *berührt.* Ich habe das Gefühl, so langsam erst zu begreifen, um was es bei Weihnachten überhaupt geht. Und das ist nicht deine ständige Kritik, die Masse an Geschenken oder die Funktionalität der Holzspielzeugmaschine! Das ist sie." Er verstummte, überrascht über seine eigenen Worte – und dann fing er an zu lachen.

Er lachte, weil es die Wahrheit war. Die Kinder würden sich über das freuen, was sie bekamen – und sei ein Esel darauf abgedruckt –, solange die Eltern sie dabei in den Arm nahmen. Und für ihn würde es das perfekte Weihnachten werden, solange er endlich Elly küssen konnte. Daran würde keine Katastrophe in der Werkstatt etwas ändern können. „Zum Osterhasen mit dir und deiner Kontrollsucht, Vater", sagte er knapp. „Ich brauche deine Bestätigung nicht. Ich mache einen verdammt guten Job – den Job, zu dem du mich erzogen hast. Keine Sorge, jedes Kind wird seine Geschenke erhalten. Aber wenn du deinen Urlaub abbrechen willst, nur um dann von mir aus der Werkstatt geworfen zu werden, dann tu dir keinen Zwang an. Komm zurück, iss ein paar Essigkugeln und Salzspekulatius und erinnere dich daran, worin die Magie der Weihnacht liegt!" Er legte auf.

So.

Tief durchatmend klaubte er die Beschwerdebriefe der Elfen zusammen und warf sie in seinen Kamin, bevor er sich hinter den Schreibtisch setzte und sich seiner Liste zuwandte. Er würde jeden einzelnen Punkt abarbeiten. Und seine Belohnung würde es sein, Elly morgen zu küssen.

Er wollte sich gerade an die dringlichste Aufgabe machen – den Schlittenpackplan –, als die Technikelfe von eben zur Tür hineinschlenderte.

„Die Maschine läuft wieder", sagte sie zufrieden. „Es hat nur etwas zwischen den Hauptzahnrädern geklemmt." Sie klatschte etwas auf die Holzplatte, salutierte und verschwand.

CJ legte den Kopf schief und hob stirnrunzelnd den glitzernden Gegenstand von seinem Schreibtisch.

Es war eine grüne Haarspange mit einem großen silbernen Stern in der Mitte.

Wieso nur hatte er das Gefühl, diese Spange von irgendwoher zu kennen?

Kapitel 19

Tick. Tack.

Tick. Tack. Tick. Tack.

Ellys Blick flog zu der großen Wanduhr. Da hatte doch irgendjemand dran gedreht. In den letzten Jahren hatte sie nie so laut getickt.

Unruhig trommelte Elly mit den Fingerspitzen auf die Sofalehne. Sie hatte Durst. Und Lust auf Tee. Aber sie würde jetzt nicht aufstehen. Wenn sie aufstand und sich beschäftigte, hieße das, dass sie sich mit der Situation abfand. Das wollte sie nicht. Nein, sie wollte hier sitzen und warten. Damit sie ihm dann sagen konnte, dass sie die ganze Zeit lang nur auf ihn gewartet hatte.

Wenn er denn kam.

Tick. Tack. Tick.

Wieder sah sie zur Uhr. Es war viertel vor acht. Seit einer Dreiviertelstunde wartete sie. Die ersten zehn Minuten hatte sie noch vor der Wohnungstür verbracht und durch die kleine, darin eingelassene Glasscheibe auf die Straße gestarrt. Vergebens. Dann war sie im Flur auf und ab gelaufen, hatte die Umzugskartons mit den Briefen noch etwas weiter zum Eingang geschoben, damit CJ sie nicht so weit schleppen müsste. Kurz hatte sie auch überlegt, sie einfach auf ihren alten Schlitten zu hieven, damit er sie dann einfacher zu seinem großen Schlitten ... was zum Teufel tat sie hier eigentlich?

Frustriert griff Noelle nach einem der unweihnachtlichen Sofakissen und bauschte es über ihrem Bauch zusammen. Gott, sie wartete seit fast fünfzig Minuten auf den Kerl! Fünfzehn waren okay. Zwanzig nicht mehr. Dreißig waren unverschämt. Und fünfzig einfach nur ... kackendreist.

Tick. Tack.

Ja, dreist war das! Und es wurde mit jeder verstreichenden Minute schlimmer. Was dachte dieser Möchtegern-Weihnachtsmann sich eigentlich dabei, sie einfach so sitzen zu lassen? Gestern und vorgestern war er mehr als pünktlich gewesen. Er hatte sich sogar noch die Zeit genommen, den Wald zu dekorieren! Und jetzt schickte er ihr nicht einmal eine Nachricht, dass er sich verspätete?

Gut, sie hätte ihm vielleicht ihre Handynummer geben sollen. Aber hatte er überhaupt ein Handy? Oder nur dieses Schneekugel-Dings? Könnte sie ihn darauf überhaupt erreichen?

Vielleicht war er einfach verhindert. Vielleicht hatte Dancer seinem Namen alle Ehre gemacht und war ihm davongetanzt. Oder Blitzen war krank geworden. Rentiere waren bestimmt mindestens so unberechenbar wie Pferde.

Gott, Elly. Jetzt sind schon seine Rentiere eine Ausrede für dich?

Ihre Fingerknöchel knackten leise, als sie die Hände um das Kissen zu Fäusten ballte. Wollte sie denn überhaupt, dass er jetzt noch kam? Wenn sie eines hasste, dann war es Unzuverlässigkeit. Unpünktlichkeit stand für Unzuverlässigkeit. Nicht Bescheid zu sagen, stand für Unzuverlässigkeit. Sie nicht zu küssen stand für …

Ihr Handy klingelte.

Panisch sprang sie auf, warf das Kissen fort und auch die übrigen von der Couch, bis sie das alte Ding endlich gefunden hatte. Sofort drückte sie auf den grünen Knopf.

„CJ?", brachte sie hervor und verfluchte sich innerlich dafür, wie atemlos sie klang.

„Elly?"

Ernüchterung machte sich in ihr breit. Diese Stimme war nicht sexy genug, um dem durchtrainierten Durchgeknallten zu gehören. „Hallo, Mama."

Das hatte ihr gerade noch gefehlt. Sie konnte sich schon denken, was ihre Mutter wollte, wenn sie um diese Zeit anrief. Mit einem leisen Seufzen auf den Lippen wandte Noelle sich um und ging den Flur hinunter.

„Schätzchen! Schön, dass ich dich noch erreiche. Hast du heute Abend denn gar nichts vor?"

Zielgenau wie immer. „Nein, Mama. Du kennst mich doch. Ich verbringe meine Abende lieber allein zu Hause und warte sehnsüchtig auf deinen Anruf."

Elly stieß die Schlafzimmertür auf, ging hinüber zum Schreibtisch und zog die Schubladen auf. Sie griff nach einem Kuli und klickte ihn gegen ihr Kinn, bevor sie ihren Kalender hervorholte.

„Aber Elly, Schatz, jetzt sei doch nicht so sarkastisch."

„Schon gut, Mama. Was gibt's denn?" Verdammt, hörte sie sich freundlich an. Es hatte schon seinen Grund, warum Herr Jansen sie trotz ihrer eher bescheidenen Laune in den letzten Adventszeiten nicht gefeuert hatte. Freundlich konnte sie. Immer.

„Ach, Süße, ich weiß, dass das jetzt sehr kurzfristig kommt.“

Elly blätterte zum sechsundzwanzigsten Dezember und setzte den Stift auf.

„Aber Klaus hat mich heute Nachmittag angerufen. Du kennst doch noch Klaus, den Organisator der nachweihnachtlichen Spendengala aus München?“

„Wie könnte ich ihn vergessen.“

„Er hat sich eine ganz schlimme Magendarmgrippe eingefangen.“

„Ih.“

„Allerdings. Nun, deshalb fliegen dein Vater und ich an seiner Stelle zum Münchner Kinderheim und ...“

Ihre restlichen Worte hörte Noelle schon gar nicht mehr. In aller Seelenruhe durchkreuzte sie den vorgestern ausgemachten Termin Mama und Papa Abendessen mit zwei sauberen Strichen. Und einer kritzeligen Linie. Eine zweite konnte auch nicht schaden. Und noch ein kleiner Strudel ...

„... den Braten immer noch machen. Wir werden einfach nach Silvester einen anderen Termin suchen, ja?“

„Hm hm.“ Natürlich würden sie das. Wenn es ihren Eltern besser passte. Wenn Weihnachten vorbei war.

Gerade wollte Elly eine Woche nach vorn blättern, als sie in der Bewegung innehielt. Wie von selbst schlugen ihre Finger die Seiten zurück. Zum heutigen Tag. Das kleine C in der rechten unteren Ecke schien sie höhnisch anzugrinsen. Vielleicht sollte sie ein unschönes Wort darum herumschreiben. Oder eine Null daraus machen. Einfach so.

Ihr war bewusst, dass dieser Gedanke kindisch war und dass es absolut nichts ändern würde. Dass es dieses

Gefühl von Enttäuschung in ihr nicht fortwischen würde, das sich mit jedem Moment enger um ihr Herz legte. Denn an diesem Gefühl war nicht CJ schuld.

„… und dann könnten wir einen Wagen mieten und Weihnachten in den Bergen nachfeiern und …"

„Nein, Mama."

Ellys Stimme war so leise, dass selbst sie sie über das Rauschen der Verbindung kaum hören konnte. Und doch kratzte ihr Hals nach diesen zwei Worten, als hätte sie eine Stunde lang geschrien.

„Noelle, Schätzchen? Was hast du gesagt?"

„Ich sagte: Nein, Mama." Tief einatmend legte Elly den Stift zur Seite und fuhr sich durch die langen Haare, die sie vorhin so kunstvoll gelockt hatte. „Ich … ich kann das nicht mehr. Wenn ihr eure Zeit lieber anders verbringen wollt, dann tut das. Aber dann seid doch nächstes Jahr einfach so nett und macht mir nicht erst Hoffnung."

„Hoffnung?" Ihre Mutter klang schockiert. „Elly, was willst du damit …"

„Mama", unterbrach Elly sie sofort, presste kurz die Lippen aufeinander und ballte die Hand zur Faust. „Bitte … lass es einfach. Bei mir ist gerade alles schon scheiße genug, da muss ich mir nicht noch einmal anhören, dass doch Weihnachten ist, ihr viel zu tun habt und irgendein sozialer Zweck gerade wichtiger ist. Das kenne ich von euch nicht anders. Alles ist immer wichtiger." Als ich, fügte sie im Stillen hinzu und lehnte sich frustriert zurück, weil selbst diese wenigen Worte schon wieder so erbärmlich klangen. Sie hatte es so lang ausgehalten, das alles zu ignorieren. Warum gerade jetzt nicht mehr? Warum musste verdammt noch mal alles wieder hochkommen, was sich seit ihrer Kindheit in ihr angestaut hatte?

„Noelle, jetzt reiß dich aber bitte mal zusammen. Dein Vater und ich leisten so viel für eine Menge armer Kinder, und ich erwarte mir schon etwas mehr Respekt und ..."

„Ja, ihr leistet viel." Ellys Kopf sank hinab in ihre freie Hand und sie schluckte den dicken Kloß hinunter, der sich in ihrem Hals gebildet hatte. „Für eine Menge armer Kinder. Aber nie für euer eigenes."

Damit legte sie auf.

Einen Augenblick lang starrte sie das alte Nokia in ihrer Hand an, dann schaltete sie es kurzerhand aus, warf es achtlos in die noch offene Schublade und griff stattdessen fahrig nach dem Kuli, um auf dem ... wie auch immer dieses Klickdingsnupsi hieß, herumzuklicken.

Sie hatte gerade die Einladung ihrer Mutter ausgeschlagen. Sie hatte das elende Weihnachtstreffen abgesagt. In diesem Jahr würde sie nicht darüber lächeln müssen, in wie vielen Städten ihre Eltern während der Adventszeit gewesen waren. Wie viele Spenden sie gesammelt, wie viele Kekse sie gebacken hatten und wie oft das dankbare Lachen eines Kindes sie glücklich gemacht hatte. Eigentlich sollte sie Erleichterung verspüren. Doch das tat sie nicht.

Langsam stand sie auf, löschte alle Lichter und schloss die Haustür ab. Den Seesack und die Kartons ließ sie, wo sie waren, dann ging sie zurück ins Schlafzimmer und warf sich aufs Bett. Es kümmerte sie nicht, dass sie noch vollständig angezogen war. Als sie nach der Decke tastete und sie sich über die Schultern zog, waren ihre Gedanken leer. Keine Briefe, keine Mama, kein Weihnachten. Kein CJ.

Da war nur die brennende Enttäuschung in ihrer Brust. Und das Gefühl, allein zu sein.

Kapitel 20

Rentiere sind keine Brieftauben

CJ war erschöpft, aber glücklich. Jetzt wusste er, wie sich eine frischgebackene Mutter fühlen musste!

Er hatte es nicht für möglich gehalten, aber sie waren tatsächlich fertig geworden. Die Geschenke waren verpackt, der Schlitten beladen, die Route an Rudolph weitergegeben, ja, sogar die Esel waren zu Einhörnern transformiert worden. Es gab nur noch einige kleine Vorkehrungen zu treffen und letzte keks-präventive Klimmzüge zu machen, dann war er startklar, um am nächsten Morgen seine erste alleinige Weihnachtsrunde zu drehen. Hätte es sich nicht so unmännlich angehört, hätte CJ gesagt, dass er stolz auf sich war. Aber so musste er mit einem selbstzufriedenen Grinsen und einem sanften Schulterklopfer vorliebnehmen. Sein Vater hatte sich nicht mehr gemeldet. Weder per Telefon, noch in persona. Mit ihm würde er sich auch wieder vertragen müssen. Aber erst, wenn sein Drang, ihm nachts den Bart abzuschneiden, verflogen war.

Sein Vater würde ohnehin warten müssen. Heute Abend gab es Wichtigeres zu tun. Wichtigeres, das auf den Namen Noelle hörte. Eigentlich hatte er Merry noch fragen wollen, wie sie auf seine Nachricht reagiert hatte. Aber die kleine Scheiterhaufen-Elfe war den ganzen Tag nicht auffindbar gewesen. Das war auch nicht weiter schlimm. CJ war sich sicher, dass Elly Nachsicht mit ihm hatte. Sie wusste schließlich, dass er der Weihnachtsmann war und diese Jahreszeit sich stressig gestaltete. Jeder normale Mensch würde dafür Verständnis haben. Fröhlich pfeifend öffnete er das niedrige Gartentor und ging den frisch gefegten Weg zu Noelles Tür entlang. Es war kurz vor sieben, er war ein wenig zu früh, so wie er es gerne hatte, als er klopfte.

Es dauerte nur wenige Momente, bevor er leises Gerumpel und dann ein Fluchen vernahm. Im nächsten Augenblick konnte er durch das in die Tür eingelassene Glas einen Blick auf Elly erhaschen, die in Jogginghose und unförmigem T Shirt über ein paar Umzugskartons stieg, um die Tür zu erreichen. Gut, er hatte nichts gegen leger gekleidete Frauen, aber irgendwie hatte er sich für ihren ersten Kuss etwas ... Festlicheres vorgestellt.

Elly begegnete seinem Blick und blieb ruckartig stehen.

Er hob die Hand zum Gruß. Sie machte nichts. Er deutete auf die Türklinke. Sie machte nichts. Fragend hob er die Augenbrauen. Sie verschränkte die Arme vor der Brust und machte einen Schritt zurück.

„Mhm." CJ wusste nicht, ob sie ihm bedeuten wollte, dass sie in Gefahr war oder ob die Scheibe so beschlagen war, dass sie ihn nicht erkannte. Er klingelte erneut.

Elly verdrehte die Augen.

Gut, nun war er sich ziemlich sicher, dass sie ihn erkannt hatte.

„Alles okay?", rief er ihr durch die Tür zu.

Entnervt ließ Elly ihre Arme fallen und riss im nächsten Moment die Tür auf. „Was willst du?", presste sie hervor.

„Ähm …" War das eine Fangfrage? Sofort schossen ihm ein paar Dinge in den Kopf, die er nur zu gerne wollte … eines unanständiger als das andere. Aber mit dem noch fälligen Kuss würde er sich vorerst begnügen. Komischerweise sah Elly überhaupt nicht kusswillig aus. Ihre Augen hatte sie zu Schlitzen verengt, die Haare zu einem Osternest der Hölle auf ihrem Kopf zusammengefasst und ihre Wangen waren sichtbar gerötet. Vor Wut? Scham? Schüchternheit?

Nein, Letzteres war es nicht.

„Falls du wegen der Briefe hier bist, die Chance hast du gestern verspielt", sagte Elly bitter und machte immer noch keine Anstalten, ihn hereinzulassen.

Verwirrt machte er einen Schritt zurück. Vielleicht bekam er so noch einmal eine neue Perspektive auf die sich sehr merkwürdig entwickelnde Situation. „Ich bin nicht wegen der Briefe hier. Auch wenn die immer noch nicht schlecht wären, aber … ist alles okay mit dir? Du wirkst … ich würde sagen wütend?"

„Wütend?", wiederholte sie leise.

CJ hatte das Gefühl, dass er damit goldrichtig lag. „Ja, wütend", wagte er sich weiter vor.

„Du hast mich scheiße noch mal versetzt, du Möchtegern-Santa."

Er hatte … *Möchtegern-Santa?!* Warum wurde sie denn gleich persönlich? „Ich … ich verstehe nicht. Ich hatte dir doch eine Nachricht geschickt. Es tut mir leid, dass ich gestern nicht konnte. Es war ein Notfall. Zuerst ist Dasher weggeflogen, dann ging die Spielzeugmaschine kaputt, die Elfen waren kurz vor einem Streik ..."

Elly schnaubte laut. „Natürlich. Ich versteh schon. Unberechenbare Rentiere, zickige Elfen."

Gott sei Dank, er hatte sich schon Sorgen gemacht, dass sie kein Verständnis dafür haben würde. „Ja, genau ..."

„Sag mal, ganz ehrlich, CJ: Für wie bescheuert hältst du mich eigentlich?" Elly stemmte beide Hände in die Seiten. „Ich hab das Spiel ja echt lang mitgemacht, aber irgendwann ist es genug. Es reicht! Ich kann deine blöden Ausreden nicht mehr hören. Wenn du das nächste Mal keine Lust hast, dich mit mir zu treffen, dann sag es mir einfach ins Gesicht. Oder sag zumindest vorher ab."

CJs Augenbrauen flogen in die Höhe. „Aber ..." Was ging denn jetzt ab? „Ich glaube, wir haben hier ein Missverständnis. Ich hatte dir extra eine Nachricht geschickt. Hast du sie nicht bekommen?"

„Ach, du meinst die, die dein Rentier vorbeigeflogen hat?"

Verdutzt blinzelte er sie an. „Ähm, nein. Ich meine die, die ich meiner Elfe gegeben ..."

„Natürlich! Die sind ja auch viel zuverlässiger als so ein Rentier."

Er runzelte die Stirn. „Nun, ja ... allem voran, weil sie einen Daumen haben und sprechen können. Rentiere sind keine Brieftauben, Elly."

Für einige Momente starrte Elly ihn fassungslos an. Dann machte sie einen Schritt zurück, griff nach der Tür und schlug sie ihm vor der Nase zu.

Bis in die Knochen verdattert starrte CJ das Holz an. Was war da gerade passiert? Es schien so, als hätte seine Nachricht sie doch nicht erreicht. Aber das war unmöglich, dann hätte Merry ihm doch sicher Bescheid gegeben. Er …

Die Tür wurde erneut aufgerissen und ein raschelnder Seesack landete vor seinen Füßen.

„Weißt du was, ich habe es mir anders überlegt. Nimm die Briefe einfach mit. Dann hast du keinen Grund mehr, mich noch mal sehen zu müssen. Die anderen acht Kartons kannst du dir morgen früh abholen, sie werden vor der Tür stehen."

Sie wollte die Tür schon wieder schließen, doch diesmal war CJ darauf vorbereitet. Seine Hand fuhr nach vorne und hielt die Tür davor ab, erneut zuzufallen.

„Noelle, was ist passiert?", wollte er eindringlich wissen. „Es tut mir leid, dass ich absagen musste, und es tut mir leid, wenn meine Nachricht dich nicht erreicht hat, aber … ich hatte nie vor, dich zu versetzen."

Sie drückte einmal kräftig gegen die Tür und verdrehte dann die Augen, als sie bemerkte, dass sie nicht gegen ihn ankam. „Warum gehst du nicht einfach, CJ? Du hast doch jetzt die Briefe und …"

„Beim Osterhasen, die Briefe sind mir doch scheißegal! Glaubst du wirklich, dass es mir bei unserem zweiten Treffen auch nur noch im Geringsten um diese blöden Kinder … ich meine, diese wunderbaren Kinder ging? Ich habe gedacht, ich wüsste, um was es bei Weihnachten geht. Ich habe gedacht, ich könnte dir zeigen, was wichtig ist. Aber in Wirklichkeit …" Er schluckte. „In Wirklichkeit habe ich das Gefühl, dass du mir viel mehr gezeigt hast, als ich dir je hätte zeigen können."

Noelle starrte ihn an, ihre Hände am Türgriff verkrampft, die grauen Augen nichtssagend. „Wenn sogar der Weihnachtsmann ein unzuverlässiger Lügner ist", murmelte sie, „dann möchte ich vielleicht gar nicht wissen, worum es bei Weihnachten wirklich geht."

Und mit einem endgültigen Klacken verriegelte sie die Tür.

Für einen Moment stand CJ einfach nur reglos vor der Tür und starrte auf Ellys sich langsam entfernenden Rücken. Dann wanderte sein Blick zu dem Seesack vor seinen Füßen und als er wieder aufsah, konnte er sie nicht mehr sehen.

Was war passiert?

Wie hatte sein Tag von einem „Aperitif der glücklichen Vorfreude" zu „Dreierlei an Scheiße" werden können?

Und wieso hatte seine Nachricht Elly nicht erreicht? Hatte er Merry die falsche Adresse gegeben? Nein, das schien ihm abwegig. Er war der Weihnachtsmann, und es lag in seinen Genen, sich Adressen zu merken. Die viel wichtigere Frage war: Wie bog er das wieder gerade?!

Elly hatte so unglaublich verletzt und enttäuscht ausgesehen, dass sie eine großartige Mutter abgegeben hätte, und verdammt sollte er sein, wenn er sie nicht als Mutter für seine Kinder haben wollte.

Ach du liebe Güte. So weit war es also schon mit ihm gekommen. Er kannte die Frau erst seit ein paar Tagen und wollte schon Kinder mit ihr?! Er hatte seinen Verstand verloren – und wenn er Elly nicht zurückbekam, dann würde Weihnachten dieses Jahr ausfallen. Denn er weigerte sich, irgendwelche verwöhnten Kinder glücklich zu machen, während die Frau, die er liebte, unglücklich war. Nicht zu vergessen er selbst.

Die Frau, die er liebte?!

Es war Zeit für einen Glühwein mit Schuss. CJ legte sich die Hand an die Stirn, ließ den Seesack, wo er war, und schritt den Gartenweg hinunter zum Tor. Er hatte das vage Gefühl, dass Elly gerade nicht empfänglich für weitere Erläuterungen, geschweige denn eine Liebeserklärung war. Und dass sie ihm immer noch nicht glaubte, dass er der Weihnachtsmann war, störte ihn auch gewaltig. Für was für einen Psycho hielt sie ihn bitte? Jemanden, der herumlief und behauptete, die Zahnfee zu sein vielleicht? Denn das wäre mal absurd, wo doch jeder wusste, dass die schon vor Jahren insolvent gegangen war! Nein.

Er versuchte sich zu beruhigen. Atmete tief ein und aus, während er auf dem Weg zu seinem Schlitten das quietschende Gartentor hinter sich ließ. Er musste erst einmal einen kühlen Kopf bekommen, sich genau zurechtlegen, was er ihr sagen wollte, genau überlegen ...

„Na, Ärger in der Liebe?"

Abrupt blieb CJ stehen und starrte auf den Möchtegern-Ninja, der mit verschränkten Armen an einem Laternenmast lehnte. Wo war der denn plötzlich hergekommen?

„Scheint, als würde die Tarnung wirklich nur bei Menschen funktionieren. Das erklärt einiges", murmelte der Fremde mit der Miene eines grimmigen Kriegsveteranen zu sich selbst, während CJ ihn musterte. Er trug eine graue Wollmütze, die seine blonden Engelslocken nicht ganz verstecken konnten, einen Camouflage-Anzug und Combat Boots. Das allein war schon verstörend genug, aber die Tatsache, dass er CJ nur bis zum Bauchnabel reichte, ließ ihn noch einmal zusätzlich stutzen.

Zuerst hielt er ihn für einen Elf. Aber die waren vertraglich dazu verpflichtet, in seiner Gegenwart zu lächeln und Rot und Grün zu tragen. Merry hatte sich die Lächel-Klausel aus dem Vertrag streichen lassen, als sie nach dem Nussknackervorfall befördert worden war, aber die anderen …

„Du bist kein Elf", stellte CJ überrascht fest.

Der Mundwinkel seines Gegenübers zuckte. „Richtig."

CJ musterte ihn nochmals und hielt inne, als er ein Pistolenholster an dessen Hüfte entdeckte. „Hat Christy dich geschickt?", wollte er misstrauisch wissen. „Sollst du mich abknallen? Denn wenn ja, dann ist das kein schlechter Moment."

Sein Gegenüber stieß sich schweigend vom Laternenmast ab und sah ihn ernst an. „Hör zu. Wir haben nicht viel Zeit. Deswegen die Kurzfassung: Du bist der Weihnachtsmann, ich bin Amor. Klar soweit?"

„Wo ist deine Windel?", wollte CJ skeptisch wissen.

„Wenn du deine große Liebe retten willst, solltest du dir deine Witze sparen. Ich habe ein paar Informationen für dich."

CJ wusste nicht, ob er weglaufen, lachen oder nach Amors Flügeln fragen sollte. Aber andererseits … was hatte er schon zu verlieren? „Schön, Amor. Dann erzähl mal."

„Warte." Das kleine, gar nicht dicke Kind sah sich in geduckter Haltung zu allen Seiten um, lugte kurz über den niedrigen Gartenzaun, so als könnte sich dort ein Spion von Elite-Partner verstecken, um seine Tricks auszuspionieren, und machte dann ein paar Schritte nach hinten. Er formte lautlos mit den Lippen ein Komm, bevor er hinter einer nahliegenden Baumgruppe verschwand, die – mit Lichterketten beworfen – wohl eher unfreiwillig Teil der himmelpfort'schen Weihnachtsdekoration geworden war.

CJ starrte ihm hinterher. Er war sich nicht sicher, ob er dem gruseligen Jungen mit den sehr realen Waffen einfach so in diese abgeschiedene Ecke folgen sollte. Aber zurzeit fühlte er sich ohnehin etwas lebensmüde, warum sein Schicksal heute nicht mal herausfordern?

Seufzend und über sich selbst den Kopf schüttelnd folgte er Amor. CJ duckte sich unter ein paar niedrig hängenden Ästen hinweg und sah sich nach dem Krieger der Liebe um. Gerade als er schon dachte, Amor hätte sich nur einen Scherz mit ihm erlaubt, löste der sich aus dem Schatten einer Tanne.

„Also, pass auf. Elly und du, ihr seid ein Perfect Match."

„Warum sagst du mir Dinge, die ich schon weiß?"

Amor lächelte matt. „Weißt du, normalerweise hänge ich mich da nicht so rein, also fühl dich geschmeichelt. Aber es gibt jemanden, der mir ins Handwerk pfuscht."

CJ seufzte schwer. „Weißt du, nicht dass ich mich nicht über kryptische Bemerkungen freuen würde, aber was genau willst du mir damit sagen? Dass Elly und ich zusammengehören, aber jemand uns im Weg steht, den nicht einmal du davon abhalten kannst, unsere frische Liebe zu zerstören?"

Amors Gesicht verdüsterte sich. „Ich bin da nicht gerade stolz drauf, okay?", knurrte er. „Aber ja. Kommt es dir nicht komisch vor, dass dein Rentier in genau dem

Moment wegläuft, in dem du dein Perfect Match zum ersten Mal küssen willst?"

CJ ließ seinen Blick über den auffordernd nach vorn gebeugten Amor schweifen. „Gerade in diesem Moment kommt mir eine ganze Menge komisch vor."

„Hatten wir nicht über die Sache mit den Witzen gesprochen?"

„In Ordnung. Entschuldige. Du meinst also, dass es kein Zufall war, dass Dasher durch die Decke ging?"

Amor nickte beifällig.

CJs Augen verengten sich. „Und du denkst ... dass auch das restliche Weihnachtschaos kein Zufall war?"

Amor legte nachdenklich eine Hand an sein Kinn. „Was genau ist denn vorgefallen?"

„Mir wurden da einige Maschinen sabotiert. Außerdem scheint meine Nachricht an Elly, dass ich unser Treffen verschieben muss, verloren gegangen zu sein. Ich dachte erst, dass die Elfen einfach überarbeitet sind und Elly den Brief nicht gefunden hat, aber jetzt ...."

„Das hört sich nach ihr an."

„Christy? Aber warum sollte Christy sich dafür interessieren, dass ich mich verlie–"

„Nicht Christy ... Merry!"

„Merry?!" Ungläubig sah CJ ihn an. „Aber sie ist meine älteste Bedienstete, sie ..." Sie hatte die Nachricht an Noelle weiterleiten sollen. Sie hatte ihm vorgeworfen, zu abgelenkt zu sein. Sie war es gewesen, die ihm mitgeteilt hatte, dass Dasher abgehauen war.

CJ legte sich eine Hand an die Stirn. Aber das alles waren keine Beweise. „Bist du dir wirklich sicher?", fragte er Amor. „Sie ist meine treueste Elfe. Ich kenne sie schon seit meiner Windelzeit."

„Ich kann nur sagen, was ich gesehen habe. Ich habe leider kein Video davon gemacht“, höhnte er.

„Na, ich auch ni–“ CJ stockte … und fing plötzlich an zu lachen. „Weißt du was? Es könnte gut sein, dass ich doch ein Video davon gemacht habe.“ Kopfschüttelnd raufte er sich die Haare. „Wie gut kennst du dich mit Spionagetechnik aus?“

Kapitel 21

Wie machst du das mit dem Sixpack?

„Dort ist eine Kamera, dort ist eine Kamera, dort ist ein knutschendes Elfenpaar und dort ist eine Kamera."

Amor war keine zehn Sekunden in der Werkstatt und deutete bereits in fünf verschiedene Richtungen. Ungläubig folgte CJ den Gesten mit seinem Blick und sah überhaupt nichts.

„Wo?"

Amor seufzte mitleidig, und im nächsten Moment sprang er auf die Holzspielzeugmaschine, drehte eine Pirouette in der Luft und trennte den sich darüber befindenden Mistelzweig mit einem gezielten Handkantenschlag von der Decke. Ein schwarzer Gegenstand fiel hinunter, doch noch bevor er auf dem Boden auftreffen konnte, fing Amor ihn mit einer formvollendeten Bewegung auf und landete geradewegs vor CJs Füßen.

„Mhm …" Er drehte die Kamera in seinen Händen und runzelte konzentriert die Stirn. „Eine Nikalon C387, ein relativ altes Modell. Völlig 2015. Aber sie läuft über Funk. Sie wird ferngesteuert, das bedeutet …" Er zog ein eckiges Gerät von seinem Gürtel, drückte ein paar Knöpfe und fing an, mit ausgetrecktem Arm systema-

tisch die Wände abzusuchen. War das ein Radar? CJ
kam sich mittlerweile ziemlich nutzlos vor. Amor
schien ausgebildeter Ninja und Kamera-Nerd zu sein.
Dagegen konnte er nicht anstinken.

„Aha!", rief Amor triumphierend und lief geradewegs
auf die gegenüberliegende Wand zu. CJ folgte ihm, während Amor seine Hände bereits an den kalten Stein
legte und die Ziegel abtastete. „Wusste ich es doch",
murmelte er, ein selbstgefälliges Lächeln auf seinem
Gesicht. „Die C387er Modelle haben keine große Reichweite, hier musste jemand aus nächster Nähe operieren, und deswegen ... vielleicht hier ..." Er presste seine
kleine Handfläche auf einen Stein und im nächsten
Moment fuhr ein Ruck durch die Wand.

CJ beobachtete mit offenem Mund, wie sie zur Seite
glitt und ein kleiner Raum dahinter freigelegt wurde.
Ein Raum, der über und über mit Monitoren bestückt
war, die verschiedene Elfen in unterschiedlichen Stadien des Fleißes zeigten.

„Ich glaub mich tritt ein Rentier", flüsterte CJ und
folgte Amor in den Überwachungsraum, der der Big
Brother-Videozentrale ernsthaft Konkurrenz gemacht
hätte.

„Sie ist gut." Amor lachte trocken. „Dieses Teufelsweib ... "

CJ wollte gerade fragen, von wem er da redete, da
sprach Amor auch schon weiter. „In welchem Zeitraum
wurde die Maschine sabotiert?" Seine Finger malträtierten bereits die vielen Tasten und Hebel, während
sein Blick von einem Monitor zum nächsten huschte.
„Und warum ist in der Nebenwand ein Nussknacker
versteckt?"

CJ winkte ab. „Frag nicht. Das würde nur alte Wunden aufreißen. Kannst du die Aufnahmen von gestern raussuchen? Zwischen drei und sechs Uhr."

„Einen Moment ... ich hab's." Amor stieß sich mit den Füßen vom Tisch ab, sodass der Drehstuhl, auf dem er saß, nach hinten rollte, und nickte zum großen, mittig platzierten Bildschirm hinüber.

CJ trat näher und beugte sich über den Tisch. Angespannt verfolgte er mit, wie sich eine kleine vermummte Gestalt von rechts der Holzspielzeugmaschine näherte. Immer wieder drehte sie sich nervös zu allen Seiten um, bevor sie unter der Apparatur verschwand. Dann sah man eine Zeitlang nichts. Schließlich kroch sie wieder hervor und verschwand in die Richtung, aus der sie gekommen war.

„Na wunderbar." CJ war nicht zufrieden. „Das war jetzt ja ziemlich nutzlos. Es könnte jede Elfe gewesen sein." Die sahen sowieso alle gleich aus. „Man müsste herausfinden, wem die Spange gehört, aber ich bezweifle, dass sich da jemand freiwillig melden würde."

Amor fuhr augenblicklich auf dem Stuhl herum, seine Augen zu Schlitzen verengt. „Eine Spange? Eine Spange wurde am Tatort gefunden? Zeig sie mir."

Amors Stimme war so autoritär, dass CJ wie automatisch in seine Manteltasche griff und den grünen Glitzergegenstand hervorzog. „Hier. Willst du sie auf Fingerabdrücke untersuchen?"

„Das brauche ich nicht. Die erkenne ich auch so."

„Glaub ihm kein Wort, die hat er mir gestohlen!" Ein wild gestikulierender, feuerroter Wirbelwind stürmte in den Raum, den Zeigefinger anklagend auf Amor gerichtet. „Er hat sie in die Holzspielzeugmaschine geworfen, um mir das alles anzuhängen.“

Amor schnaubte belustigt. „Herzlichen Glückwunsch, Püppchen. Du hast dich gerade selbst verraten.“

„Was?“ Merrys Blick fuhr wild zwischen Amor und CJ hin und her.

CJ starrte auf seine älteste Angestellte, die Frau, die ihm das Geschenkpapier um die Windeln gewickelt hatte, und schüttelte nur den Kopf. „Merry ... was soll das?“

Die Unterlippe der Elfe bebte und ihre Augen wurden glasig, doch sie sagte nicht.

„Du hast Noelle die Nachricht nie gegeben? Du hast Dasher erschreckt und Essig in die Rumkugeln gefüllt? Warum? Willst du nicht, dass ich glücklich bin?“

„Doch.“ Merry fing an zu schniefen und ihre Locken bebten im Takt ihrer Lippen. „Aber nicht jetzt!“

CJ ließ sich gegen die Schreibtischkante sinken. „Was? Warum das nicht?“

„Weil du keine Zeit für Verabredungen hast. Ohne dich muss Santa weiterarbeiten und ich finde, er hat den Ruhestand mehr als verdient.“ Sie atmete flattrig ein. „Verliebte verlieren durch diese dämliche rosa Brille den Blick für das, was wichtig ist. Ich wollte, dass dir das nicht passiert. Ich wollte, dass du dich hundertprozentig um deinen Job kümmerst, und es war die richtige Entscheidung, auch wenn du mir das jetzt nicht glaubst.“

Erschöpft fuhr sich CJ mit Daumen und Zeigefinger über die Augen. „Wow.“

Eine unangenehme Stille breitete sich aus, nur unterbrochen von Merrys leisen Schluchzern.

CJ wusste nicht, was er sagen sollte. Ein kleiner Teil seines Kopfes verstand die Elfe. Aber ein sehr großer anderer konnte nicht darüber hinwegsehen, dass sie die Schuld dafür trug, dass Elly ihn nicht mehr sehen wollte.

„Das ist jetzt ziemlich unangenehm hier", hörte er Amor leise murmeln, bevor die Tür zum geheimen Geheimnisraum aufflog und eine schwarzhaarige Arbeiterelfe begleitet von hellem Glöckchenklingeln in den Raum gehetzt kam. „Laptoptower ... umgefallen", japste sie. „Keine Verletzten ... aber große Zerstörung ... im Techniklager."

Sofort fuhr CJ zu seiner Oberelfe herum.

„Merry!"

Sie hob hastig beide Hände. „Damit habe ich nichts zu tun!"

CJ presste seine Lippen zusammen und legte den Kopf in den Nacken. Er wollte nicht ins Techniklager. Er wollte nicht den Schlitten zu Ende packen. Er wollte seine Klimmzüge machen und dann Zimtkaffee trinken. Er wollte Elly anschreien, dass sie ihn nicht einfach so aufgeben durfte. Er wollte Merry anschreien, weil sie an alledem die Schuld trug. Er wollte seinen Vater anschreien, weil der zweihundertfünfzig Jahre gebraucht hatte, um sich zu verlieben. Er wollte Amor anschreien, weil er unfähig in seinem Job war.

Aber er konnte nichts von alledem tun. Denn er hatte einen Job zu erledigen, und die Freude von Milliarden von Kindern hing von ihm ab.

„Ich kümmere mich darum", murmelte er und stieß sich vom Schreibtisch ab. Denn wer sollte es sonst machen?

Er wollte der Arbeiterelfe aus der Tür folgen, doch da packte ihn plötzlich eine Hand am Unterarm und zog ihn zurück

„Warte kurz", raunte Amor ihm zu.

CJ sah genervt zu ihm hinunter. „Was ist?"

Amor erwiderte seinen Blick todernst. „Wie machst du das mit deinem Sixpack?"

Kapitel 22

Super, danke, das hilft mir ... gar nicht

Ich bin so doof! Wie konnte mir das nur passieren? Merry konnte es noch immer nicht glauben, dass ausgerechnet ihre dämliche und heißgeliebte Haarspange sie verraten hatte. Sie sah CJ traurig nach, ballte die Hände zu Fäusten und boxte Amor energisch gegen den Oberarm. „Das hast du ja toll hingekriegt! Bravo, ich hoffe, du bist stolz auf dich?"

Amor verzog keine Miene. „Du weißt, dass es das einzig Richtige war."

„Ist ja gut, ich habe es verbockt, du musst nicht auch noch Salz in die Wunde streuen. Sag mir lieber, was ich jetzt tun soll!"

„Entschuldige dich", antwortete er knapp.

„Nein, das kann ich nicht!" Sie reckte trotzig das Kinn.

„Doch, das kannst du. Immerhin verzichte ich auch auf meinen Urlaub." Amor lächelte freudlos.

„Aber ..."

„Kein Aber!", unterbrach er sie harsch, dann atmete er tief durch. „Hör mir zu. Anders als du darf ich mich den Zielpersonen nicht zeigen." Er seufzte. „Ich hab die Regeln gebrochen, deswegen streicht mir der Vorstand den jährlichen Urlaub für besondere Verdienste."

Amor trat einen Schritt näher und schnipste ihr liebevoll eine rote Ringellocke aus der Stirn. „Merry", flüsterte er vertraulich. „An Weihnachten geht es doch um die Liebe, stimmt' s?

„Ähm … irgendwie … schon." *Ey, seit wann stottere ich denn? Und seit wann ist Amor so … so … charismatisch.* Sie errötete und wich seinem Blick aus. „Okay, okay, ich mach' s." Sie drehte sich um und lief in Richtung Büro. „Kommst du mit?" Sie atmete tief durch. „Bitte."

„In Ordnung, Püppchen." Amor kam an ihre Seite und wuschelte ihr grinsend durchs Haar. „Übrigens gefällst du mir in dieser Größe."

„Und genau da liegt das Problem. Ich bin nicht überzeugend genug, wenn ich in Tinkerbellgröße in der Menschenwelt unterwegs bin."

Statt einer Antwort öffnete Amor den Reißverschluss seines Tarnoveralls, schälte sich aus dem oberen Teil und verknotete die Ärmel unter dem Nabel. Er entfaltete die dichten, weißen Flügel und Merry klappte die Kinnlade herunter. *Sexy und … so gar nicht knabenhaft.*

Gemeinsam verließen sie den Nordpol und schlugen den Weg nach Himmelpfort ein. Wenig später durchbrachen sie die magische Grenze und die Elfe schrumpfte auf das minimale Maß ihrer Großartigkeit zusammen. Sie schnaubte, knirschte mit den Zähnen und ärgerte sich grün und blau, vollkommen ohne Glitzer. Während sie die Hauptstraße entlang in die Stadt huschten, legte die Elfe sich einen Gesprächsbeginn zurecht. *Hallo, ich bin Merry, die Chefelfe vom Weihnachtsmann, und ich hasse es, hier sein zu müssen. Nein! Das geht nicht. Hallo, CJ schickt mich. und es tut*

mir von Herzen leid, was ich dir angetan habe. Nein!
Würg. Das geht gar nicht. Sie schüttelte das rote Haar
und kaute auf ihrer Wangeninnenseite. *Von vorn: Hi,*
ich bin Merry, CJs Chefelfe, und ich hatte den Auftrag,
ihn gestern bei dir zu entschuldigen, allerdings hatte
ich anderes im Sinn, weil ich will, dass er sich um sei-
nen verdammten Job kümmert und nicht herzchen-
werfend durch die Gegend schlendert. Ja, großartiger
Ansatz, Merry. So bist du deinen Job noch heute los.

Sie flogen um die letzte Häuserecke in die Poststraße
und Merry bremste abrupt, weil sie beinahe am Tor
vorbeigeflogen war.

Sie haderte noch immer mit sich, wusste keinen guten Gesprächsanfang – und überhaupt, sie hasste Ent-
schuldigungen und die Enttäuschung, die sie in CJs
Blick gesehen hatte. Merry hatte es doch gut gemeint,
besonders für Santa. Sie würde alles für ihn tun, denn
er kümmerte sich um sämtliche Weihnachtsbelange, er
kannte sich aus, war zielorientiert, und seine Frau war
erst vor 320 Jahren auf den Plan getreten. Somit war CJs
Vater gefestigt und hatte gewusst, was er tat, bevor ihn
die Frau und die Liebe aus dem Rhythmus und dem systematischen Ablauf brachten.

Merry ruderte zurück, flog einen kleinen Bogen über
das geschlossene Gartentor und anstatt direkt mit ho-
her Geschwindigkeit den Klingelknopf anzupeilen,
sauste sie zum Fenster, hinter dem sich goldenes Licht
ausbreitete. Sie landete auf dem Fenstersims und
drückte sich die Nase an der kalten Scheibe platt.

Da saß diese Elly in eine plüschige Decke gehüllt auf
dem Sofa, trank Wein und sah sich einen Film an. Wäh-

renddessen wischte sie sich ununterbrochen mit einem Taschentuch durch das verquollene Gesicht.

Amor landete schlitternd hinter ihr. Merry fuhr herum, rutschte mit der Hacke vom Fensterbrett, ruderte wild mit den Armen und kippte rückwärts. „Ah!", rief sie und ihre Flügelchen flatterten wild.

Geschickt pflückte Amor sie aus der Luft und stellte sie wieder auf die winzigen Stiefelchen. „Hoppla." Ein hinreißendes, aber äußerst selbstgefälliges Grinsen stahl sich auf seine Züge.

„Spar dir das dämliche Grinsen! Ich habe einen echten Scheißtag hinter mir und er ist noch nicht vorbei." Sie schaute zu Elly und anschließend wieder zu Amor. „Du hast gewonnen, Glückwunsch. Ich werde mich jetzt bei der Posttante entschuldigen und dann wird sie CJ verzeihen und Friede, Freude, bla, bla, bla …"

„Du schaffst das", behauptete Amor und klopfte ihr aufmunternd auf den Rücken. Dabei wurde Merry erneut unsanft gegen die kalte Scheibe gepresst.

Merry seufzte. „Super, danke, das hilft mir … gar nicht." Entschlossen flog sie vom Fensterbrett, visierte den Klingelknopf an und prallte mit den Handflächen der ausgestreckten Arme gegen ihn. Ein dumpfes Ding Dong erklang. und die Weihnachtselfe schwebte in die Mitte des oberen Türblatts aus Glas, damit die Menschenfrau sie sofort sah, dann wartete sie. *Hallo, ich bin Merry und es tut mir leid. Ja, das ist ein guter Anfang.* Sie hob ihre Mundwinkel, dachte an eine große Packung Spekulatius und kniff die Arschbacken zusammen. Die Tür öffnete sich langsam, die Elfe schloss kurz die Augen, atmete tief ein und entblößte ihre Zähne.

„Hallo?" Elly sah nach links und rechts. Das Augenrollen folgte auf dem Fuße. „Klingelstreiche sind so dermaßen 2002." Die Posttante rieb sich – anscheinend verärgert – über die geröteten Augen.

„Hallo, Noelle", sprach die Weihnachtselfe die Frau an, schwebte ihr etwas entgegen und wedelte enthusiastisch mit der Hand vor ihrer Nase herum. „Ich bin Merry, CJs Chefelfe, und ich sollte dir gestern diese Nachricht von ihm geben." Sie zerrte den Zettel, der ihr vom Kinn bis zum Hosenbund reichte, unter ihrem Steppmantel mit roten Glitzersternen hervor und überreichte ihn der Frau, die sie mit leicht geöffnetem Mund und aufgerissenen Augen anstarrte.

„Du bist …"

„Jaja, ich weiß. Ich bin winzig, habe Flügel, spitze Ohren, und nein, du fantasierst nicht. CJ ist wirklich der Weihnachtsmann, zumindest in diesem Jahr, und er mag dich." *Verdammter Mist, das wollte ich gar nicht sagen.* „Ich wollte nicht, dass ihr euch weiter trefft, weil die Liebe eine Ablenkung ist, die er einfach nicht gebrauchen kann. Ich finde, er sollte ruhig noch ein Jahrhundert damit warten, sodass Santa unbesorgt in den Ruhestand gehen kann und CJ sich erst einmal richtig in die Abläufe einarbeitet, aber …", sie seufzte schwer. *Nicht in Rage reden. Entschuldige dich einfach und fertig.* „Meine Meinung zählt nicht." Sie wedelte auffordernd mit dem Zettel. „Hier, der Brief, den ich dir gestern schon geben sollte. Es tut mir leid."

„Ich hätte das fünfte Glas nicht mehr trinken sollen", sagte Elly und blinzelte angestrengt, dann entfaltete sie langsam das Stück Papier und begann zu lesen.

Merry sah, wie sie den Zettel noch ein zweites Mal las und die Informationen nach und nach Früchte trugen.

„O okay." Ellys Augen wurden groß. „Entweder keinen Alkohol mehr für mich oder sofort literweise Glühwein auf dem W Markt."

„Ich glaube, es sollte eine Kombination aus beidem sein", sagte Merry entschlossen. „Ich komme mit rein."

„Trinken mit einer Weihnachtselfe. Klingt gut." Beschwingter als zuvor kehrte sie ins Haus zurück und winkte die Elfe herein. Auf dem Weg ins Wohnzimmer nahm sie eine bereits geöffnete Flasche von der Anrichte, stellte sie zu der leeren, die schon auf dem Wohnzimmertisch stand, und fläzte sich auf ihrer Couch unter die Decke. Merry beobachtete sie dabei, wie sie ihr Glas halb vollgoss und somit auch der zweiten Flasche den Rest gab. „Du, sag mal ..."

„Ja?" Merry landete auf der Sofalehne und legte ihre Stiefel auf die vollkommen unweihnachtlichen blauen Kissen.

„Wenn ich dich in meinen Rotwein tunke, wird daraus dann automatisch Glühwein?"

Merry hob eine Braue. „Nee, und probier's auch gar nicht erst aus."

Elly zog eine Schnute, trank einen ordentlichen Schluck und schien dann erst ihre fehlende Gastfreundschaft zu bemerken. „Oh, wie unhöflich von mir. Möchtest du auch ein Schlückchen?"

Die Elfe schüttelte den Kopf. „Auf gar keinen Fall, seit dem tragischen Nussknackervorfall ist Alkohol während der Arbeitszeit verboten."

„Du arbeitest gerade?" Elly trank einen weiteren, etwas zögerlicheren Schluck. „Was hast *du* denn für einen Chef?“ Sie hickste vernehmlich. „Ups, Entschuldigung.“

„CJ. Er ist mein Chef. Der Weihnachtsmann, du erinnerst dich?“ Besorgt flog Merry Richtung des schwankenden Glases und navigierte Ellys Hand zum Tisch.

Deren Lider senkten sich leicht und sie schwankte auf dem Sofa zur Seite. „Weißt du“, begann sie zu nuscheln und ihr Kopf sank auf den Kissenhaufen. „Eigentlich hasse ich Weihnachten ja. Aber wenn CJ der Weihnachtsmann ist … muss ich damit jetzt wohl aufhören, hm?“ Dann fielen ihre Augen zu und sie seufzte ergeben.

Kapitel 23

Ach, scheiß drauf!

Au.

Elly blinzelte, erkannte viel zu helles Licht und schloss die Augen wieder.

Gott. Das, was gerade in ihrem Kopf passierte, war schlimmer als jeder Kinderweihnachtschor. Und sie wusste, wovon sie sprach. Sie war fünf Jahre lang dazu gezwungen worden, selbst in einem zu singen.

Stöhnend hob sie eine Hand an die Stirn und stemmte sich hoch. War sie tatsächlich auf der Couch eingeschlafen? Ihr steifer Nacken schrie ein lautes Ja. Dass sie sich nicht umgezogen hatte und noch immer ihre geliebte, unweihnachtlich gelbe Leggins trug, schien ihr ein weiterer eindeutiger Hinweis zu sein. Ganz abgesehen von den zwei leeren Weinflaschen auf dem Wohnzimmertisch.

Stirnrunzelnd betrachtete Elly das noch immer halb gefüllte Glas, das gefährlich nah an der Tischkante stand. Eine leise Stimme flüsterte ihr zu, dass sie gestern Nacht noch irgendetwas darin hatte eintunken wollen. Hm. Wie unsinnig.

Allmählich gewöhnten sich ihre Augen an das beißende Licht, der Schwindel verschwand und ihr Magen gab keine allzu beunruhigenden Geräusche mehr von sich. Der restliche Wein darin musste trotzdem dringend von irgendetwas aufgesogen werden.

Langsam stand Elly auf, gab ihrem Kreislauf eine Minute, um sich zu fangen, und ging dann mit bedächtigen Schritten in die Küche. Fahrig schaltete sie das Radio ein, drehte es gleich etwas leiser, ignorierte die gerade aus den Lautsprechern dudelnde Weihnachtsballade und warf einen Blick auf die Herdanzeige. Halb acht? War ihr Körper nicht einmal dazu in der Lage, seinen Rausch vernünftig auszuschlafen?

Seufzend öffnete sie den Kühlschrank.

Verdammt. Vielleicht hätte sie gestern doch Lebensmittel statt eines Weihnachtsbaumes kaufen sollen. Den sie dann hinten im Garten in Stücke gehackt hatte. In sehr kleine Stücke. Herr und Frau Stock aus Nummer 15 hatten, soweit sie sich erinnerte, einen Kamin. Die würden sich über das mit Ellys Wut gefüllte Brennholz sicher freuen. Sie würde die Stocks nur noch überreden müssen, dass sie dabei zuschauen durfte, wie es langsam in der Glut zerfiel und mit einer dunklen Ascheschicht überzogen wurde, bis schließlich nichts mehr davon übrig war ...

Doch irgendwie war das Bild der brennenden Holzscheite vor ihrem inneren Auge nicht mehr so befriedigend wie noch am Abend zuvor. Als Elly die Kühlschranktür zuschlug und den Wasserkocher füllte, hatte sie das entfernte Gefühl, etwas vergessen zu haben. Nur was?

Stirnrunzelnd nahm sie ihre Lieblingstasse mit den Osterhasen darauf aus dem Schrank, hängte einen Teebeutel hinein und goss das kochende Wasser darauf. Sie nahm die Tasse in die Hand und lehnte sich gegen die Küchentheke. Mit einem Mal sah sie in Gedanken ein kleines, flatterndes Wesen mit knallroten Haaren vor sich.

Hallo, Noelle. Ich bin Merry, CJs Chefelfe, und ich sollte dir gestern diese Nachricht von ihm geben.

Oh Gott.

Mit zwei schnellen Schritten war Elly wieder im Flur, hielt dort kurz inne, um die Tasse auf die Kommode zu stellen und den einsetzenden Schwindel zu überwinden, und stürzte dann weiter zum Sofa. Hektisch hob sie die Kissen an, warf sie zur Seite und hatte einfach nicht mehr die Reflexe, die getroffene – vorrauschauend von ihr geleerte – Weinflasche aufzufangen. Doch das war alles egal, als sie den zerknitterten Zettel auf dem Boden entdeckte.

Plötzlich war sogar der Kopfschmerz vergessen. Fast schon ehrfürchtig hob sie das kleine Papier auf und sank wieder auf das Sofa.

Das konnte doch nicht sein. War ... das alles wirklich passiert?

Wie von selbst falteten ihre Finger die Nachricht auseinander.

Liebe Noelle,
es tut mir wirklich leid, aber ich muss unser Treffen auf morgen verschieben. Es gab einen Arbeitsnotfall und ohne mich läuft hier nichts. Ich freue mich sehr darauf, dich wiederzusehen.
CJ

Entgeistert starrte sie die krakelig geschriebenen Worte an. Sie kannte CJs Handschrift nicht, aber die hier könnte zu ihm passen. Er hätte auch einen guten Arzt abgegeben, wenn er nicht ... der Weihnachtsmann wäre!

Oh Gott! Kopfschüttelnd legte sie sich eine Hand an die Stirn. Die Elfe hatte sie sich nicht eingebildet. Sie war wirklich hier gewesen, war vor ihrer Nase herumgeflogen und hatte ihr beteuert, dass ... verdammt, CJ hatte es ihr doch selbst so oft gesagt! Aber ... aber konnte sie ihm das alles wirklich ...

Ein lautes Klingeln ließ sie aufspringen.

***

CJ hatte eine Rede geschrieben.

Es war keine gute Rede. Sie war viel zu lang, beinhaltete haarsträubende Metaphern, und der Satz ‚Es tut mir leid, aber du hättest nicht so blöd reagieren sollen‘ kam viel zu oft darin vor. Aber er war ja auch kein Redenschreiber, er war der Weihnachtsmann, der sich einfach nicht anders zu helfen gewusst hatte.

Gestern Nacht war die reinste Ostereiersuche gewesen – kurz gesagt: die Hölle. Es hatten zwar fast alle Laptops überlebt und seine To do Liste war komplett abgearbeitet, aber seine Freude auf den heutigen Tag war ausgeblieben. Normalerweise war das Verteilen der Geschenke der beste Part des ganzen Jahres. Normalerweise gab es nichts Schöneres, als am Morgen des 24. den bepackten Schlitten zu betrachten, die Rentiere vorzuspannen und zu wissen, dass in den nächsten vierundzwanzig Stunden Abermillionen von Kindern glücklich gemacht werden würden. Normalerweise war CJ am vorweihnachtlichen Morgen die Ruhe selbst. Aber normalerweise war er auch nicht verliebt und hatte die Nacht über nicht geschlafen, aus Angst, dass sein Perfect Match ihm keine Chance mehr gab. Er war sich sicher, dass er einen atemberaubenden Partner für Elly abgeben würde. Nicht dass er viel Erfahrung in dem Bereich hätte, aber die brauchte man ja auch gar nicht. Es musste letztendlich nur einmal klappen, und verdammt noch mal, er wollte, dass es mit Noelle klappte!

Stöhnend legte er den Kopf in den Nacken und kramte seinen Zettel mit der Rede hervor.

Eigentlich durfte er gar nicht hier sein. Er hatte einen strikten Zeitplan und sollte längst mit dem Schlitten in der Luft sein. Merrys Worte geisterten in seinem Kopf herum. *Santa hat dir die Verantwortung übertragen. Du bist dieses Jahr der Weihnachtsmann! Du wolltest ihm beweisen und zeigen, dass du würdig bist, sein Vermächtnis zu tragen, und was tust du? Du triffst dich mit einer Frau, vergeudest deine wertvolle Zeit und bürdest mir noch mehr Arbeit auf, während du dich amüsierst und turtelnd durch das Winterwunderland kutschierst.*

Sie hatte ja irgendwie recht, aber was sollte er tun? Er hatte seine zukünftige Frau nun einmal *jetzt* gefunden. Er konnte, er *wollte* nicht noch zweihundertachtzig Jahre warten und sich Elly von jemand anderem wegschnappen lassen.

CJ starrte auf den Klingelknopf und dann auf die Rede in seiner Hand.

Ach, scheiß drauf! Er zerknüllte das Stück Papier und warf es über seine Schulter. Er würde improvisieren.

Er drückte die Klingel, und der schrille Ton, der erklang, war fast wie ein Vorbote des Schreckens. Aber davon durfte er sich nicht einschüchtern lassen. Er war charmant. Er war einzigartig. Er war das Beste, was Elly passieren konnte. Er war ...

Die Tür ging auf.

... ein totaler Volldepp, der absolut nicht wusste, was er sagen sollte.

Elly stand im Rahmen und starrte ihn entgeistert an. Sie sah vollkommen übermüdet aus, ihre Haare standen zu allen Seiten ab und ihr weißes T Shirt war mit Rotwein bespritzt.

Er begann Hoffnung zu schöpfen. Wenn er etwas sagen wollte, dann sollte er das lieber tun, solange die Überraschung sie noch zum Schweigen verdammte.

„Elly, es tut mir leid, aber du hättest nicht so blöd reagieren sollen", begann er, denn das war das Einzige, woran er sich aus seiner Rede noch erinnerte. „Ich weiß, ich hätte persönlich absagen müssen. Aber ich hatte deine Handynummer nicht und in der Werkstatt ist die Hölle losgebrochen, ich konnte nicht vorbeikommen. Und ich dachte, ich könnte meiner Oberelfe vertrauen, aber Merry hat sie nicht mehr alle und gönnt mir die Liebe erst in zweihundertachtzig Jahren, und Amor ist auch nicht das, war er mal war. Gar nicht mehr dick, und treffsicher auch nicht und ... das ist auch vollkommen egal. Es geht darum: Eigentlich wollte ich dir nur beweisen, wie toll Weihnachten ist, damit ich die blöden Briefe bekomme, aber irgendwann wollte ich dir, glaube ich, nur noch beweisen, dass *ich* toll bin ... aber mich gibt es nun einmal nur im Weihnachtspaket. Mit einer Menge Elfen und Spekulatius, aber auch einer Menge Christbaumschmuck und Rentiermist. Und ich verstehe, wenn dir das zu viel ist, und ich verstehe, wenn du wütend bist, und ich verstehe, wenn du nicht mit einem Workaholic zusammen sein kannst, aber … ich finde dennoch, dass du mir eine Chance geben solltest. Ich bin nicht perfekt, du bist nicht perfekt, und eine Beziehung mit mir wird es ganz sicher auch nicht. Aber Perfektion ist ja auch nicht wichtig, solange ich mir Mühe gebe, solange wir uns Mühe geb–"

„CJ", unterbrach sie ihn und blinzelte ein paarmal. „Du … bist der Weihnachtsmann."

Irritiert blinzelte er zu ihr hinunter. „Ja, ich weiß."

Sie nickte mit offenem Mund. „Du … bist nicht dick. Du hast keinen weißen Bart."

„Ja, ich weiß", wiederholte er dümmlich. „Ich gebe mir ja auch Mühe, in dem Bereich nicht in die viel zu großen Fußstapfen meines Vaters zu treten."

„Okay." Sie nickte noch einmal. „Jetzt verstehe ich, warum du das Ganze so persönlich genommen hast."

Seine Stirn legte sich in Falten. „Aber … ich hab dir doch gesagt, dass ich der Weihnachtsmann bin! Natürlich habe ich es persönlich genommen, ich …"

Sie legte ihm bestimmt die Hand auf den Arm, um ihn zum Schweigen zu bringen. „Okay, das ist … okay …"

„Elly, du verwirrst mich", stellte er langsam fest.

„*Ich* verwirre *dich*?", fragte sie entgeistert. „*Du* bist doch der Weihnachtsmann! Du tauchst bei mir in der Post auf, willst deine blöden Briefe haben, willst sie dann doch nicht haben, willst dann irgendwie mich haben –"

„Nicht irgendwie", stellte er klar. „Ich will dich haben."

„Na wunderbar. Und das fällt dir jetzt ein, nachdem du den ganzen Mist verzapft hast?!"

CJ starrte sie an. Eigentlich gab es nur eine Sache, die er falsch gemacht hatte …

„Ach, scheiß drauf!", murmelte er, beugte sich zu ihr hinunter und küsste sie. Sein Fehler war groß gewesen, deswegen hielt er es für angebracht, sich besonders Mühe zu geben.

Er schlang seine Arme um Elly, hob sie auf die Zehenspitzen und küsste ihr den Verstand aus dem Kopf. Küsste sie, wie er sie auf dem Eis hätte küssen sollen. Wie er es in Gedanken schon tausend Mal getan hatte.

Elly gab ein überraschtes Keuchen von sich, was er nutzte, um den Kuss spektakulär zu vertiefen. Es dauerte drei Sekunden … bis Elly ihre Arme um seinen Hals schlang und den Kuss erwiderte. Das beste Gefühl, das er seit Jahren gehabt hatte! Sie seufzte an seinen Lippen, krallte ihre Hände in seine Haare und zog seinen Kopf näher zu sich heran. Seine Fingerspitzen fuhren ihren Rücken hinauf zu ihrem Nacken, bis seine Hände ihr Gesicht umfassten. Der Geruch nach Orange und Walnüssen vernebelte sein Gehirn und er war sich auf einmal sicher, dass er Sauerstoff sein ganzes Leben lang überbewertet hatte. Wer brauchte Luft, wenn er stattdessen Noelles Lippen haben konnte?

Ellys Hände wanderten derweil zu seiner Brust, und er verfluchte sich für den tragischen Umstand, dass er einen dicken Mantel trug.

Leider schien Elly Sauerstoff wichtig zu sein, denn im nächsten Moment drückte sie ihn sanft, aber bestimmt von sich und sog zischend Luft ein. Ihr Blick lag missbilligend auf seinem Mantel. „Ich hab diesen Mantel schon damals in der Post nicht ausstehen können", flüsterte sie.

Ja, mittlerweile verstand CJ das.

Er brauchte eine Weile, bevor er wieder normal atmete, und bei dem Anblick von Ellys geröteten Wangen und Lippen war er schon wieder kurz davor, den Zeitvertreib von gerade fortzuführen, doch es gab da noch etwas ...

„Bist du noch sauer auf mich?“, fragte er vorsichtig.

Elly wiegte nachdenklich den Kopf hin und her, während ihre Finger an den Knöpfen seines Mantels spielten. „Ich weiß nicht so genau ... krieg ich denn noch Geschenke, wenn ich auf den Weihnachtsmann sauer bin?“

Seine Mundwinkel zuckten, und er konnte nicht anders, als seine Hände erneut an ihre warmen Wangen zu legen, bevor er murmelte: „Nein. Kein einziges.“

„Mhm“, sagte sie nachdenklich, stellte sich auf die Zehen und küsste ihn leicht. „Was ist, wenn ich bitte sage?“

„Dann würde ich dir wahrscheinlich alles geben, was du willst“, gestand CJ ehrlich. „Und glaub mir, ich würde dir liebend gerne auf der Stelle zeigen, was ich alles geben kann, aber ... wir müssen los.“

Sie runzelte die Stirn. „Was heißt denn los?“

„Ich bin der Weihnachtsmann, Elly“, erinnerte er sie und drehte sie sanft an den Schultern herum, sodass sie auf die Straße blickte. „Wir haben einen Job zu erledigen.“

Ellys Kinnlade klappte nach unten, als sie CJs mit Geschenken vollbepackten Schlitten erblickte, mitsamt den neun vorgespannten Rentieren, Rudolph vorweg. Die Geschirre der Tiere blinkten grellrot auf, und die silbrig-glänzenden Lamettastricke, mit denen die Päckchen auf der Ladefläche fixiert worden waren, waren zum Glück reißfest.

„Du hast doch nicht geglaubt, dass ich dich an Weihnachten allein lasse", flüsterte er lächelnd, nahm ihre Hand und drückte sie fest. „Ach, und die Briefe nehmen wir mit."

Kapitel 24

Weiße Weihnacht

„CJ, das war unglaublich!" Noelles Herz pochte noch immer wild vor Aufregung, als sie mit beschwingten Schritten neben CJ der verschneiten Straße folgte. Sie hatte keine Ahnung, wie spät es war, aber die meisten Häuser waren noch stockfinster, einzig die Laternen beleuchteten die winterliche Straße vor ihnen. Ein ruhiger erster Weihnachtstag.

„Ja, ich weiß." Grinsend legte er einen Arm um ihre Schultern und zog sie eng an sich. Das dichte Fell am Rand seiner Kapuze kitzelte in Ellys Nacken.

„Können wir den Schlitten wirklich einfach im Wald stehen lassen? Nicht dass die Rentiere ..."

„Ach, Rudolph findet den Weg", unterbrach CJ sie und winkte ab. „Sie werden nicht lange dort herumstehen. Sobald ihnen langweilig wird, fliegen sie zum Nordpol zurück. So hat mein Vater es ihnen beigebracht ... falls er mal nicht dazu in der Lage sein würde, die Zügel zu bedienen. Das hat sich schon des Öfteren als äußerst hilfreich erwiesen."

„Ach ja, Rudolph mit der leuchtenden Nase."

CJ seufzte schwer. „Ich weiß wirklich nicht, wie dieses Lied zu den Menschen gekommen ist. Rudys Nase ist rot, aber leuchten tut sie nur, wenn man eine Lichterkette drumwickelt. Wahrscheinlich war da wieder irgendein Elf unzufrieden mit dem Arbeitsklima und hat aus Jux Lügen verbreitet …"

Als Noelle zu ihm aufsah, verdrehte er gerade genervt die Augen. Mit solchen Problemen schien er sich öfter rumschlagen zu müssen. „Du hast gerade jemanden sehr glücklich gemacht, CJ", murmelte sie. Die Lichtkegel der Straßenlaternen huschten über sein kantiges Gesicht und weiße Flocken tanzten um ihn herum. Weiße Weihnacht. Wer hätte gedacht, dass sie sich einmal darüber freuen würde.

„Ja, ich weiß", stellte er fest und senkte den Blick. Seine Mundwinkel zuckten. „Ganz viele Kinder."

„Die auch." Lächelnd griff Noelle seine Hand auf ihrer Schulter und verschränkte ihre Finger mit seinen, während sie an der Post vorbei- und auf ihr Haus zugingen. „Das war das schönste Weihnachten meines Lebens", flüsterte sie. Und obwohl sie noch bis zum gestrigen Morgen nicht mehr damit gerechnet hatte, war es die Wahrheit. CJ bei seiner Arbeit zu unterstützen, war wunderbar gewesen. Der stille Himmel, all die Städte, Häuser, Kinder, der Schlitten und … einfach nur CJ. Einfach nur seine Hand zu halten, während die Rentiere sie zur nächsten großen Stadt flogen, sich den einen oder anderen Kuss zu stehlen …

„Meines auch. Und das will schon was heißen." Unter CJs schweren Stiefeln knirschte der Schnee, als er ihr Gartentor aufstieß und sie über den schmalen Weg auf die Haustür zuzog.

Dort wollte er sie gerade loslassen, doch Noelle ergriff auch seine andere Hand, stellte sich auf die Zehenspitzen und zog ihn zu sich herab.

„Noelle ...“

Seine raue Stimme sandte ihr einen Schauer über den Rücken. Sie kam ihm noch etwas näher, strich mit den Fingern über seine Handflächen und genoss das Gefühl seiner Lippen auf ihren. Der Geschmack nach salziger Meerluft haftete noch immer an ihnen, vermischt mit dem von Spekulatius und Zimt. Und sie liebte es. Sie hätte nie versuchen sollen, es nicht zu lieben. Sanft löste sie sich von ihm, hob eine Hand an sein Gesicht und strich über den Bartschatten auf seinen Wangen. Es war ein Weilchen her, dass sie mit einem Mann so vor ihrer Haustür gestanden hatte. Sie versuchte sich eine elegante Formulierung zu überlegen, um ihn in ihr Haus einzuladen. „Kommst du noch mit rein? Ich würde dir ja gern einen Kaffee anbieten, aber so was gibt es bei mir nicht.“

Danke, vernebeltes Hirn. Sehr elegant.

CJ schmunzelte. „Ich liebe keinen Kaffee.“

Das ist eine elegante Antwort, Elly! Sieh zu und lerne.

„Perfekt. Zimt hab ich übrigens auch nicht im Haus.“

Er lachte hinter ihr, während sie in ihrer Handtasche nach dem Schlüssel kramte. „Ich liebe keinen Zimt. Alles, was ich jetzt noch möchte, ist ein ruhiger Abend vor dem Kamin. Nur mit dir.“

Elly zog den Schlüssel hervor und steckte ihn ins Schloss. „Da muss ich dich enttäuschen, ich hab keinen Kamin.“

„Ich weiß. Ich hab versucht, bei dir einzubrechen.“

Entgeistert fuhr sie zu ihm herum. „Hast du nicht!“

„Doch.“ CJ zuckte mit den Schultern und hatte noch immer nicht aufgehört zu grinsen. „Aber ich kann nur durch den Kamin einsteigen, was anderes hat mein

Vater mir nicht beigebracht. Deshalb hat's nicht funktioniert."

Na super. Die Weihnachtsmann-Klischees würden wahrscheinlich seine Ausrede für alles sein. Seufzend drehte Elly den Schlüssel in der Tür, ging hinein und machte das Licht im Flur an. „Ich werde nie wieder in ein Haus mit Kamin ziehen."

CJ folgte ihr, drängte sein breites Kreuz an der Tür vorbei und schloss sie wieder. Elly wollte gerade weiter ins Wohnzimmer gehen, als –

„Aber *ich* habe einen Kamin", bemerkte CJ.

Verdutzt wandte Elly sich um und erkannte, wie eine leichte Röte in CJs Wangen stieg. „Genau genommen habe ich sogar fünf Kamine", setzte er räuspernd hinzu und kratzte sich verlegen im Nacken. „Du könntest dir natürlich einen aussuchen."

„Äh … okay." Elly schluckte. Seine Worte klangen so bedeutungsschwer.

„Aber darum müssen wir uns auch nicht jetzt kümmern", sagte CJ hastig. „Erst Hochzeit, dann zusammenziehen."

Ellys Augen wurden groß.

„Nur ein Witz!" CJ hob beide Hände in die Höhe, als könne er so seine Unschuld beweisen. „Dafür sind wir natürlich … noch nicht bereit?"

Sie lachte auf und legte ihm eine Hand auf den Arm. „Erst zusammen sein, dann einen Kamin aussuchen und dann Hochzeit."

„Damit kann ich leben. Die Reihenfolge ist eigentlich auch egal, nur die Frau ist wichtig", murmelte er.

„Also, ich finde die Reihenfolge schon wichtig. Vielleicht sollten wir darüber re–"

CJ beugte sich vor, nahm ihr Gesicht in seine Hände und küsste sie.

„Hey", protestierte Elly, löste sich widerwillig von ihm und hielt ihn auf Armlänge von sich weg. „Du kannst eine hilflose Postdame nicht einfach mit einem Kuss zum Schweigen bringen."

„Du hast keine Vorstellungen davon, was ich alles kann."

Das war wohl war. Und als CJs Lippen erneut die ihren fanden, war sie sich sicher, dass sie es dringend herausfinden wollte. Sie legte ihre Handflächen auf CJs Brust, seufzte leise an seinen Lippen und ließ sich von ihm zurückdrängen, bis sie in ihrem Rücken spürte, wie er eine Türklinke hinabdrückte.

„Nein, CJ, mein Schlafzimmer ist ..."

„*Überraschung!*"

Mit einem Schlag wich alle Kraft aus Noelles Beinen, und hätte CJ sie nicht festgehalten, wäre sie einfach umgefallen. Erschrocken sah sie in ihr hell erleuchtetes Wohnzimmer, das alles andere als einen ruhigen Abend zu zweit versprach. Eher einen unruhigen Abend zu sechst.

„Elly-Belly, da bist du ja endlich!" Romi riss sie in eine stürmische Umarmung, bevor Elly die Situation völlig erfassen konnte. Perplex legte sie die Arme um ihre beste Freundin und konnte sich einen fragenden Blick zu CJ nicht verkneifen. Der sah allerdings genauso schockiert aus und schien nicht recht zu wissen, was er mit seinen Händen anstellen sollte, nun, da sie Elly nicht mehr halten konnten.

„Romi, was ..."

„Wir warten schon ewig auf dich!"

Endlich ließ der Druck um Ellys Brustkorb nach. Romi legte ihr die braungebrannten Hände auf die Schultern, schob sie ein Stück von sich und strahlte sie an. „Jan und ich sind extra früher zurückgeflogen, um mit dir das große W zu feiern. Ohne den ganzen W Kram natürlich. Es tut mir wirklich, wirklich leid, dass ich das nicht von Anfang an so geplant hatte. Irgendwie waren meine Gedanken total vernebelt. Er ist schuld." Mit einem Nicken deutete sie auf den ebenfalls braungebrannten Mann, der neben dem Sofa stand und jetzt unsicher die Hand hob.

„Er macht mich so verrückt!", fügte Romi etwas leiser, aber nicht weniger breit grinsend hinzu. „Wir konnten ja nicht ahnen, dass wir nicht die Einzigen sein würden, die die Idee hatten, dich zu überraschen. Aber na ja. Wen hast du denn da eigentlich mitgebracht?"

Jetzt erst wanderte Romis Blick zu CJ. Ihre Augen verengten sich, als sie ihn misstrauisch musterte.

„Ähm … Romi, das ist CJ. CJ, meine beste Freundin. Romi. Ja, sie ist immer so. Gewöhn dich besser dran."

CJ lachte leise, legte Elly eine Hand in den Rücken und streckte die andere Romi entgegen. „Das werde ich."

„Mensch, Elly. Dass du mal auf Weihnachtsmänner abfahren würdest, hätte ich echt nicht gedacht", bemerkte Romi – mit der präsentierten Ware anscheinend zufrieden – und ergriff CJs Hand.

„Ich auch nicht", gab Elly zu, aber da hatte Romi sich schon längst umgedreht und war zurück zum Sofa gelaufen, von dem sich gerade die zwei anderen Gäste erhoben.

„Hallo, Schätzchen."

Elly schluckte schwer. Auch CJs Hand in ihrem Rücken konnte sie nicht so weit beruhigen, dass der Anblick ihrer Eltern an einem Weihnachtstag sie nicht bis in die Knochen verstört und gleichzeitig unfassbar glücklich gemacht hätte.

„Hallo, Mama. Was macht ihr …"

Weiter kam sie nicht. Mit wenigen Schritten war ihre Mutter bei ihr, zog sie in eine feste Umarmung und ließ sie jedes weitere Wort vergessen.

„Gott, Noelle, es tut mir so leid." Als ihre Mutter sich wieder von ihr löste, schimmerten ihre Augen feucht. „Dein Vater und ich haben lange über deine Worte nachgedacht. Wir hatten ja keine Ahnung, wie sehr dich das alles mitnimmt. Du hast dir nie viel aus Weihnachten gemacht. Wir hätten nicht geglaubt, dass das an uns liegen könnte."

„Richtig."

Blinzelnd sah Elly zu ihrem Vater, der gesprochen hatte. Er hatte die Hände in den Hosentaschen vergraben und nickte mehrfach. Er war noch nie ein Mann großer Worte gewesen.

„Ist schon okay." Auch Elly fiel es mit einem Mal schwer, die Tränen zu unterdrücken. Eine einzige Weihnachtsnacht würde die letzten Jahre nicht ungeschehen machen können, aber das zählte jetzt nicht. In diesem Moment war alles in Ordnung. In diesem Moment konnte sie Weihnachten wieder ein wenig so lieben wie mit sieben Jahren. Und vielleicht war dieser Abend die Chance, die Enttäuschung zu vergessen und einen Neuanfang zu wagen. „Es … bedeutet mir so viel, dass ihr heute hier seid."

***

CJ betrachtete Ellys glänzende Augen, ihren Vater, der unangenehm berührt von einem Bein auf das andere trat, und Romi, die ihn immer noch aufmerksam musterte. Er war es gewohnt, in seinem Weihnachtsmannaufzug einiges an Aufmerksamkeit zu erregen – einer der Gründe, warum er seinem Vater seit Jahren predigte, er müsse das Design ändern –, aber in Romis Blicken lag neben Faszination noch etwas anderes. Etwas, das ihm sagte, dass er nicht heil davonkommen würde, sollte er Elly verletzen. Nun, da er nicht vorhatte, das zu tun, sollte das kein Problem werden.

Und dann waren da noch Ellys Eltern. Er freute sich für Elly, dass sie endlich zu Sinnen gekommen waren und ihre Tochter zumindest in diesem Jahr an Weihnachten über ihre sozialen Zwecke stellten. Nichtsdestotrotz: Gleich beim dritten Date die Schwiegereltern kennenzulernen, machte ihn leicht nervös. Vor allem, da Elly sich jetzt endlich von ihrer Mutter gelöst hatte, die Rührung war ihr ins Gesicht geschrieben, und diese sich interessiert zu ihm umwandte. „Und wie genau stehen Sie jetzt zu meiner Tochter?“, wollte sie wissen.

Hilfesuchend wandte er sich Elly zu. Die jedoch grinste nur und hob eine Augenbraue. Wie um zu sagen: *Ja, CJ. Wie genau stehst du eigentlich zu mir?*

Es klingelte.

„Ich mach auf!“, beeilte sich CJ zu sagen und hastete aus dem Wohnzimmer. Er meinte, Elly lachen zu hören, als er zur Tür lief und sie öffnete.

„Junior!“, dröhnte ihm eine Stimme entgegen.

CJ fielen die Augen aus dem Kopf. „Vater?“, fragte er perplex. Natürlich war das eine rhetorische Frage, denn sein Vater war mit seiner umfangreichen Persönlichkeit nicht zu übersehen.

„Erkennst du jetzt schon den Weihnachtsmann nicht mehr?", grummelte sein Vater missbilligend.

„Na ja", begann CJ und sah ungläubig an seinem Vater herab. „Zu meiner Verteidigung, die Aufmachung im Hawaiihemd ist dann doch etwas gewöhnungsbedürftig."

„Jetzt hör auf, an mir herumzuzetern", ermahnte ihn Santa. „Das macht es mir nicht gerade leichter, mich bei dir zu entschuldigen."

Das wiederum erweckte CJs Interesse. Er verschränkte die Arme vor der Brust und legte den Kopf schief. „Ich höre."

Santa verdrehte die Augen, aber er lächelte. „Deine Mutter hat mich darauf aufmerksam gemacht, dass ich mit meinem Urteil vielleicht etwas voreilig war – sie richtet dir übrigens Grüße von Bali aus –, na ja, auf jeden Fall ..." Er räusperte sich. „Auf jeden Fall hast du im Nachhinein betrachtet doch einen sehr anständigen Job gemacht.

„Erzähl mir etwas, das ich nicht weiß", bemerkte CJ grinsend.

„Meine Güte, die Überheblichkeit hast du von deiner Mutter", brummte sein Vater und schob sich durch die Tür.

CJ hätte da widersprochen, schließlich war Santa es, der vor ein paar Monaten noch erklärt hatte, dass er unersetzbar sei und die Kinder ihn mehr liebten als Schokolade. Doch jetzt war nicht der Zeitpunkt, einen neuen Streit vom Rentiergeweih zu brechen, deswegen schwieg er und wartete ab, was sein Vater noch zu sagen hatte.

„Merry hat mir gebeichtet, was sie getan hat, und mir verraten, wo ich dich finden kann, da ... wollte ich das Ganze aus der Welt schaffen. Es ist schließlich Weihnachten." Sein Vater wurde rot, sodass seine Gesichtsfarbe sich wunderbar mit den pinken Blumen auf seinem übergroßen Hemd biss. „Also, Sohn. Verzeihst du mir?"

„Ob ich dir deinen Kontrollzwang und dein Unterschätzen meiner Fähigkeiten verzeihe?", überlegte CJ laut. Doch er kam nicht dazu, seinen Gedanken zu beenden, denn Santa hatte ihn bereits in eine Bärenumarmung gezogen.

„Ich hab dich lieb, mein Junge", meinte er und klopfte ihm auf den Rücken. „Und ich bin ziemlich stolz darauf, dass du alle Geschenke rechtzeitig an die Kinder gebracht hast. Merry kann etwas übereifrig werden, wenn sie sich etwas in den Kopf gesetzt hat. Seit dem Nussknackervorfall ist sie nicht mehr dieselbe."

CJ nickte und schluckte den Kloß, der sich in seinem Hals gebildet hatte, hinunter. „Der Nussknackervorfall hat uns alle gezeichnet", sagte er und klopfte seinem alten Herrn seinerseits auf die Schulter. „Aber ich denke, nächstes Jahr werden die Weihnachtsvorbereitungen etwas geschmeidiger verlaufen ... auch ohne dich."

„Davon gehe ich aus", meinte sein Vater, und sein Lächeln verschwand in den Tiefen seines weißen Rauschebartes. „Und jetzt verrate mir nur noch eines: Was hast du mit den Elfen gemacht? Sie alle haben einen Hass auf Christy, der ihre kleinen Beinchen nur so beflügelt! Ich habe sie noch nie so eifrig erlebt."

CJ musste lachen, doch noch ehe er antworten konnte, steckte Noelle ihren Kopf aus dem Wohnzimmer. „CJ, wer war denn an der –" Sie erblickte Santa. „Oh", schloss sie und ihre Wangen färbten sich Pink.

Süß. „Elly, das ist mein Vater. Vater, das ist Elly", stellte er sie vor.

Sein Vater streckte die Hand aus. „Santa Claus, angenehm, Sie kennenzulernen", sagte er mit einem breiten Lächeln. Elly ergriff perplex die Hand des Weihnachtsmannes und blickte zwischen CJ und seinem Vater hin und her. Vielleicht, um nach Ähnlichkeiten zu suchen. „Ich bin wirklich sehr froh, dass mein Claus Junior jemanden gefunden hat. Ich selbst hab ja eine Ewigkeit gebraucht, und es wäre nicht fair, wenn ihn das gleiche Schicksal ereilen würde."

Elly fuhr zu CJ herum, bevor sie mit leuchtenden Augen stumm die Worte *Claus Junior* formte.

CJ stöhnte und kniff die Augen zusammen. Klasse. Das Geheimnis um seinen Namen hatte er eigentlich bis zur Hochzeit für sich behalten wollen.

„Oh, sind das Kekse?" Santa hatte einen Blick durch die offenstehende Wohnzimmertür geworfen, und im nächsten Moment war er verschwunden.

Ellys Mund verzog sich zu einem breiten Grinsen, bevor sie auf CJ zuschlenderte. „Sag mal, *Claus Junior*", bemerkte sie beiläufig, hakte sich bei ihm unter und lehnte sich an seine Seite. „Wenn wir irgendwann einen Sohn bekommen. Muss der dann Claus Junior Junior heißen?"

CJs Griff um ihre Schultern war vielleicht etwas stärker als nötig. „Schön zu wissen, dass du schon an Kinder denkst."

„Bis ich mir nicht zumindest einen Kamin ausgesucht habe, ist das eine sehr, sehr theoretische Überlegung, aber ich muss doch wissen, auf was ich mich hier einlasse“, bemerkte Elly kopfschüttelnd. „Also, wie ist das jetzt mit dem Namen. Ist Claus Junior Junior verpflichtend, oder –“

„Jaja, gehen wir lieber Kekse essen, bevor mein Vater sie alle vernichtet“, meinte CJ und wollte sie an den Schultern voran zurück ins Wohnzimmer schieben, doch sie wandte sich noch einmal zu ihm um.

„Fröhliche Weihnachten, Weihnachtsmann“, flüsterte sie, stellte sich auf die Zehenspitzen und küsste ihn sanft.

„Fröhliche Weihnachten, Noelle“, murmelte er lächelnd, bevor sie zu den anderen ins Wohnzimmer gingen, um sich alle gegenseitig daran zu erinnern, worum es an Weihnachten wirklich ging.

Kekse.

***

Wie eine dunkle schwere Decke, durchzogen von einem grünflackernden Webmuster, lag der Nachthimmel über dem Nordpol und hüllte ihn in friedliche Stille.

Dicht neben Amor auf den Stufen vor dem Rentierstall saß Merry und schaute hinauf zu dem Farbenspiel der Polarlichter. Selbst in der Dunkelheit meinte er die Intensität ihrer roten Löckchen wahrzunehmen, die sich unter ihrer Mütze hervorkringelten. An deren Rand klemmte eine Spange. Eine grüne Spange mit einem Stern.

Amors Lippen verzogen sich zu einem Lächeln, das ihm in der eisigen Kälte beinahe im Gesicht festfror. Obwohl sein Urlaub gecancelt war, fühlte er keine Enttäuschung. Nach dem systematischen Chaos der letzten Stunden – dem Gewusel panischer Elfen und der damit verbundenen Lautstärke, dem ausbrechenden Jubel, als sich der Schlitten in die Luft erhoben hatte, und den nachfolgenden Aufräumarbeiten – war die Ruhe, die ihn jetzt umgab, tröstlich.

Morgen musste er zu seinem nächsten Auftrag aufbrechen, und auch Merrys Posten als Oberelfe würde wieder unzählige Pflichten mit sich bringen. Amor verengte seine Augen. Vielleicht war dies die letzte Chance für ihn ...

Aufregung flutete seinen Körper, die er sonst bloß von seinen Auftragsarbeiten her kannte. Er legte einen Arm um Merrys Schultern und räusperte sich, aber sie schien es nicht zu bemerken – oder wenigstens fuhr sie nicht entrüstet zu ihm herum. Mit wild pochendem Herzen lehnte er sich zu ihr vor und zog sie dabei noch etwas dichter an sich.

„Merry ...", raunte er bedeutungsschwer und beobachtete, wie sie sich ihm zuwandte. Amor schluckte und schob sich nah in ihr Sichtfeld. Just in diesem Moment weiteten sich Merrys Augen, doch noch bevor sich ihre Lippen berühren konnten, riss die Elfe abrupt ihre Arme in die Luft und rief begeistert: „Christmas!"